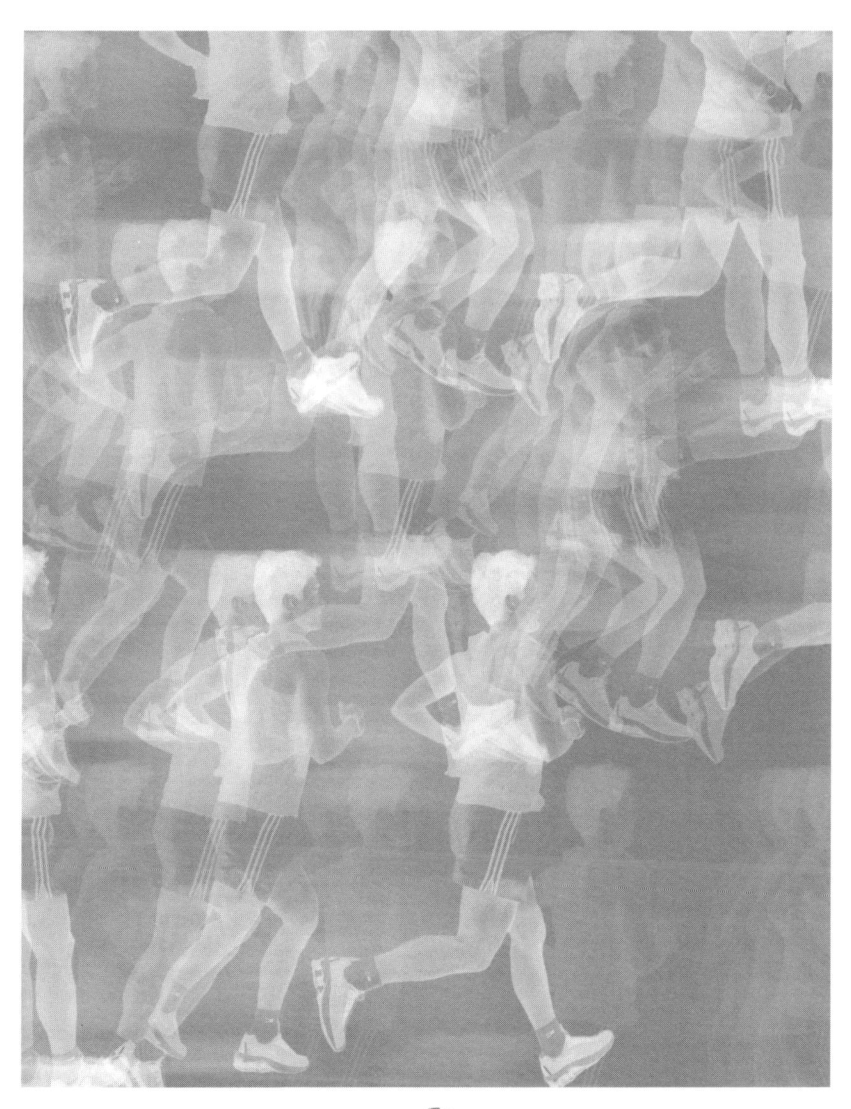

肥豬變帥哥

阿尼◎著

目次

前言：自然減肥法與樂觀的人生

目次

我的減肥經歷

我的減肥心得：飲食篇

我的減肥心得：運動篇

目次

你也可以從頭到腳煥然一新！

張淑萍

擔任有氧教練多年，身邊不少朋友都因運動受益，有人變瘦，有人變健康，但是像阿尼這樣「劇烈」變化的例子還真是沒見過幾個；如果不是他自己告訴我如何減肥的「英勇事蹟」，我和他的幾個朋友，都無法將現在有氧課堂上身手靈活的阿尼，和照片中碩大的身影聯想在一起。

會胖不外乎是多吃少動；要瘦不外乎是少吃多動。少吃不是不吃，而是要聰明地吃；多動也不是亂動，而是有計畫規律地動。懂得訣竅之後，你會發現減肥的方法簡單得要命，真正的困難其實在「持續」。

一個胖了20多年的人，需要怎樣的恆心和毅力才能徹底改變自己呢？減肥這種事，一般人總想得多做得少，特別是對像阿尼一樣從小就胖的人來說，「回復標準身材」

的願望通常只能無疾而終……但是他真的做到了。我想過程中的辛苦旁人一定無法體會，不過，大家看到他現在的樣子，都會同意一切是值得的。

雖然阿尼已經擁有很健康、標準的身材，他卻沒有因此鬆懈，我們每天都會看到他開開心心地來上我的有氧課。「守成維艱」是阿尼最常掛在嘴上的話，他總說，把減肥當作愉快的事、當作生活的一部分，就一點也不會覺得辛苦了。

看過阿尼的例子，你應該也會和我一樣相信，不論一開始的目的是不是為了減肥，維持正常的飲食和運動習慣，每個人都有機會從頭到腳煥然一新！

本文作者為AFAA美國有氧體適能協會教育顧問，NIKE有氧大使，加州健康事業台灣分公司有氧部副理。

追尋幸福的瘦身之路

▶▶▶ 陳盈珊

坦白說，事隔這麼多年，我還是無法完全從當年目睹這個學弟變瘦的震驚中回神！

他是我的「兒子」，嗯，是那種大學時代社團同家族的直屬學弟，年輕的我不在意有個「那麼大」的孩子，都是以母子相稱的。說「那麼大」，沒錯，阿尼不僅年紀跟我差不到一歲，當「兒子」的確算年齡大，塊頭也真的很不小。

在那個大學男生幾乎都是一件其實就是印有圖案內衣的系服、團服、班服的年代，穿著相當有品味的他顯得十分出眾。只是，大夥兒提到這個話題，除了盛讚他的打扮出色、氣質優雅外，通常，都不免要再加上一句：「只可惜胖了一點！」

其實，胖胖的人通常有著一顆相當細膩的心，他個性溫和好相處，而且對身邊的人非常體貼，更令人讚嘆的是這麼一個魁梧的男子竟然有著一手好廚藝！除了中式家常菜色難不倒他，還會做各種美味糕點；我還記得他在我家做檸檬起司蛋糕的專注神情，講究口感的他，酥皮底可是用高纖蘇打餅乾壓碎自製的。

然而，年輕女孩多半看不到男孩深刻的內在的，以至於大學四年，阿尼沒有為我找到任何兒媳婦，負笈留學之前，連他的「外婆」（我的母親大人啦）都鼓勵也期待他能在異鄉找到相互扶持的伴兒——即使是語言不太通的「金絲貓」也好。沒想到，我們母女可是多慮了（外婆萬萬沒想到，她真該憂慮的是自己日益發福的女兒吧）。

從起初的信函到後期的e-mail，「兒子」和我一直保持連絡。他說，去到一個新的環境，看到那麼多人在運動，覺得自己似乎該有些改變。因此，展開他令人吃驚的瘦身之路。對於幾磅幾磅的數字沒有具體概念的我，聽著聽著，直到收到一張他寄來「減肥中」的照片，才開始相信：這回他可是玩真的！

儘管有了心理準備，當「兒子」趁著假期在數年後返國探親的時候，我第一次見到「瘦身後的本尊」，依然大吃一驚！天哪！在那個用奶油煎食物、可樂牛奶都以加侖計的地方，他究竟要有多大的毅力才能做到這個地步？

更讓人驚奇的是，即使後來回到國內，即使那麼多人瘦了又胖了，即使他以前骨瘦如柴的娘如今胖出雙下巴來，他以良好的飲食習慣、高度的警覺心加上持續不斷的運動，多年來不曾復胖過！而且，因為運動的關係，他的身材愈來愈結實了。看看這些學弟們，似乎只有他將運動當成是日常習慣，也似乎只有他的身材越來越不像一般上班族。

我不是迷信苗條就是美麗的那種人，但是，我總是支

持著朋友努力做到自己最想要的樣子，假如瘦下來會讓一個人有自信，甚至找到幸福，只要瘦得健康，絕對是美事一樁！

看我的「兒子」從一個胖胖的開心果，變瘦，而後朋友邀約不斷，甚至因為長相登上雜誌，還曾經成為工作的地方美麗的活招牌……光就這些，就值得大夥兒跟隨他的腳步，走上追尋幸福的瘦身之路了。

本文作者為《中國時報》撰述委員及市政版記者

一道110減70的小題目

阿 尼

從沒想出書這件事情會發生在我身上——

雖然在國中高中時候作文還算不錯。

這樣一本有關減肥的書，

或許只是一道數學題，

一道110減70的小題目。

110公斤減去70公斤是40公斤，

40公斤應該至少有30桶肯德基全家餐，

或40瓶1000c.c.的礦泉水，

或老媽在市場買45或50個豬蹄膀的重量，

當然也有可能只是40公斤白花花的豬油。

別訝異吃驚，也別覺得噁心，

你問我如何在胖了20幾年之後甩掉這些肥肉，

我只能說，

除了幸運，

我付出了連自己都難以想像的努力。

我想我的例子可以證明，

這世界又多了一樁只要下定決心沒有做不到的事吧！

感謝家人讓我有機會出國念書，讓我在新的環境下改變；

謝謝我所有的朋友，

你們是我在國外寂寞的精神糧食，

也是我每天下班最想見到的人；

感謝潘恆旭的引薦，印刻出版的費心。

希望我的例子能夠帶給需要的人新的希望。

前言

18

積極、正面的人生觀

20

一年減掉40公斤

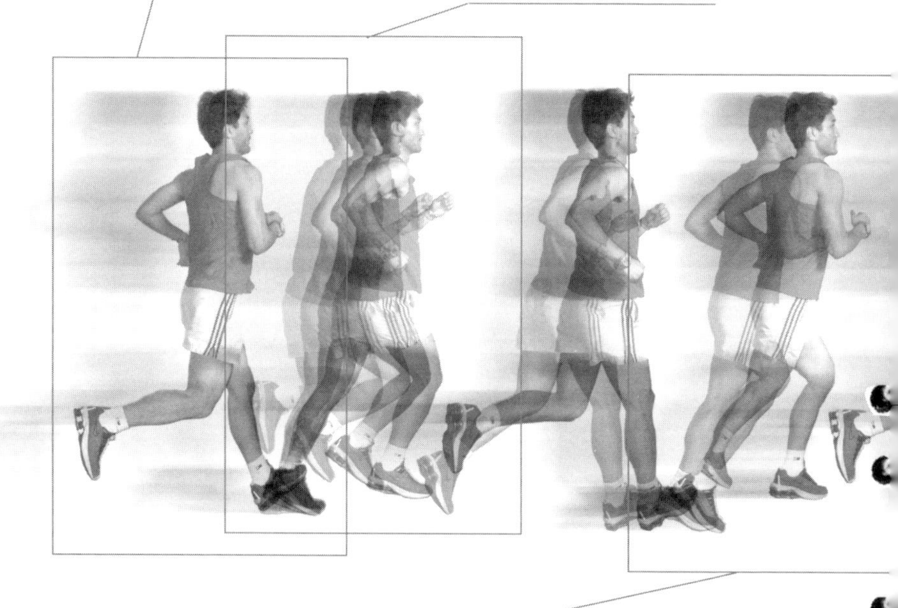

22

黑白的人生，彩色的人生

前言

自然減肥法與樂觀的人生

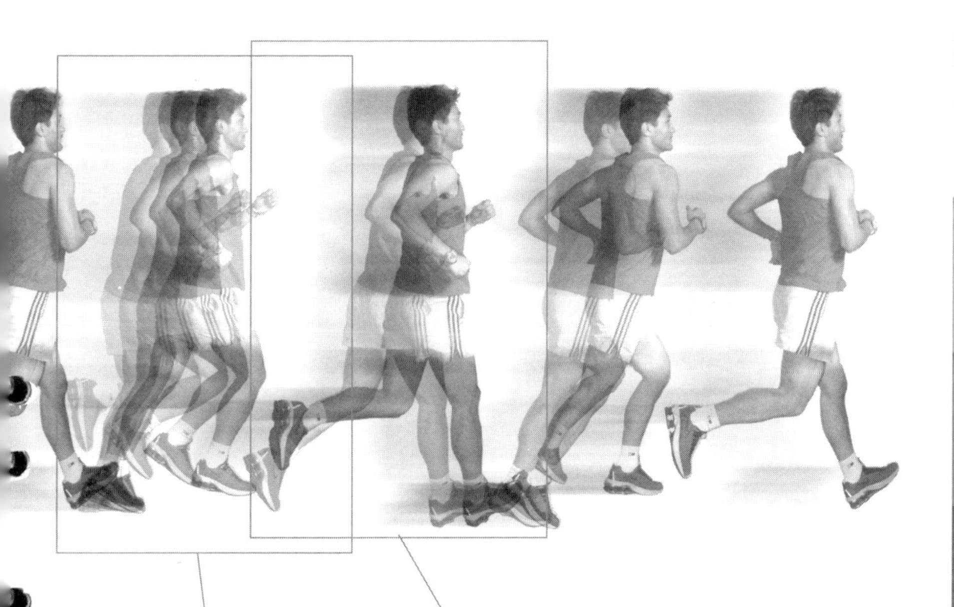

積極、正面的人生觀

每天在台北東區的街道來來往往，為工作忙碌，也為屬於自己的生活踏遍各個角落。有時候，我會急急忙忙趕往下一個目標，但偶爾也會探探巷弄裡的咖啡廳中人們的表情，尋找一絲一毫的新鮮感。

我的工作、每天下班完後的活動，內容其實經常都是雷同的，可以說我的「每日流程」變化並不是很大，但是我卻不會特別地感到枯燥乏味，相反的，我的生活態度一直都是挺樂觀的，樂觀到可以從同樣的作息和活動中，找到新鮮好玩的東西，或是讓自己高興的事。

我不是什麼大人物，而且一直以來也只想做個快快樂樂的市井小民。這並非說我就沒有什麼偉大的志向，只不過，能夠讓自己的生活過得愉快，其實就已經是一件蠻不容易、很了不起的事了。

工作，自然有酸甜苦辣，有時候會覺得很辛苦、很煩，有時候也很高興、很有成就感。下了班，不管是上健身房、與朋友聚會，還是依然為工作的事在操煩，總是會以很正面的態度來面對。當然，日子不可能過得毫無波瀾，但是再怎麼樣的挫折，都不過是起起落落的人生中的一部分而已。

我常想，自己的人生觀還真的是挺正面、挺樂觀的。至少，跟周遭的親朋好友和工作上的夥伴比起來是如此。然而，我卻不是從小到大都是這樣的，每個人的成長過程中總有起起伏伏，而我，正是在度過很長、很黑暗，甚至自己還一直不覺得糟糕的低潮期，才有現在的人生體驗的啊！

一年減掉40公斤

雖然我還算年輕，但已經可以回首過去的種種了。我這輩子所做過最驚天動地的一件事，就是在一年內減掉40公斤。也許有人會說：「那沒有什麼，前陣子還在電視上看過從140公斤減成70公斤的例子呢！」但我要說的是，我不會想去跟別人比這種事，因為肥胖並不光彩！而且，對我來說，能夠減掉這40公斤，已經完完全全扭轉了自己的人生，我現在也很能享受這件事所帶來的甜蜜果實，每天、每個時辰都踩著全新的軌跡大步向前。

減肥成功讓我覺得很得意，但我更高興的是自己經歷的這件事，其實是每個肥胖的人都能辦到的。我的意思並不是每個人都可以減掉40公斤，而是，其實沒有人是真正過於肥胖的，只要有心且方法正確，人人都可以瘦身成功。也許是5公斤、10公斤或20公斤，甚至是減掉的體重比我還多，依照每個人不同的狀況與體質，都有應該瘦下來的「分量」，在我減肥成功後，就覺得任何人都有辦法減去這個「分量」。

也就因為如此，才覺得自己的經歷可以提供給所有需要的人們，更何況，我已經親眼目睹一些親朋好友，透過自己的建議或監督成功瘦下來的過程，所以我就想，也許我的方法還真的能造福大家吧！

100KG！

70KG！！

黑白的人生，彩色的人生

其實我還算蠻幸運的。雖然現在覺得減肥不是那麼難的事，但對當時身處肥胖黑暗期的我來說，要走出瘦下來的第一步還真是經過幾番掙扎啊！最後可以成功，除了自己的堅持外，環境也幫了很大的忙。

但無論如何，成功畢竟是成功了，而且我並沒有靠著什麼太特殊的方式。儘管我偶而還是會想起當初出第一步的辛苦，但回過頭來看看整個過程，總覺得「也不過如此」。其實，說穿了，環境固然重要，自己那顆堅持的心才是真正的勝負關鍵。

比較減肥成功前後，現在的我真是感慨萬千！如果沒有瘦下來，我的人生會變成什麼模樣，實在難以想像。也許是渾渾噩噩地過日子而一事無成吧！比起現在經常過得很充實，每天都感到面臨種種新挑戰、多彩多姿的生活，

學生時代那種索然無味的生活態度真讓人覺得對不起自己、對不起愛護我的人。

現在想想，最恐怖的是臃腫時期的我總是認為「胖沒有什麼不好的啊！」「胖子也是人，何必總覺得胖是種罪惡呢？」「我就是這樣胖，還不是一樣過日子！」當時真的是「井底之蛙」，不知道瘦下來會有這麼多好處。現在的我實在很難想像，以前的我，怎麼會安於那個只有黑白兩色的人生呢？

所以，我想奉勸肥胖的人，千萬別老覺得現在的生活沒什麼不好！一旦安於現狀，就別想跟肥胖說再見，還是多想想瘦下來有什麼好處吧！

自然減肥法

提到我的減肥方法，說穿了其實沒有什麼，不過是想辦法過「正常」的生活而已！每個人過日子的方式或多或少會有「不正常」的地方，飲食習慣不正常、作息方式不正常、運動量不正常等等，都是造成肥胖的原因之一；我不敢說自己這些習慣一切都正常，事實上也不可能百分之百地正常，但我卻可以很肯定地說，比起所有肥胖的人來說，我過的是比較正常的生活。

減肥成功的過程，不外乎就是讓「不正常」的我回歸「正常」，那麼我是怎麼辦到的呢？不靠藥物、不花

錢上課、也不利用任何特殊方式，卻可以瘦40公斤，還真是讓我相當自豪呢！雖然我曾深深地被電視上的減肥廣告打動，但可能是因為當時還是個得處處節省的留學生，所以從來沒想過要花錢瘦身。也就是說，所有的減肥方法，都是在不造成額外的生活負擔下進行的。

自然地吃、持續地運動、正常的作息，是我瘦下來的幾種方法，也許可以稱之為「自然減肥法」吧！雖然那時候我的確是在減肥，但並沒有虐待自己，飲食與作息恐怕與一般人相差不遠，一切再自然不過了。

對於吃藥與花錢上課，我這個「過來人」有一些良心建議。吃藥，我覺得可以省了，除非身體真有問題。怎麼說呢？因為再好的藥也不可能適合所有人，而且，「肥胖」不是病，而是習慣不良造成的。有些醫生會開藥給肥胖的病人，但原因不是他們本來就有病，就是因為肥胖引發了其他症狀。單純的肥胖，只要靠正常的飲食就可以維持健

康，進而瘦下來，最多是向醫生詢問適合自己體質的飲食方式就可以了。

至於花錢上課，倒不是全然不可，前提是要審慎地評估內容。雖然我能夠靠著自己瘦下來，但畢竟不是每個人都有適合的環境，或是有足夠的時間和經驗來設計自己的瘦身計畫，如果有足夠的預算，找個好的單位或是營養師，來督促自己靠著正常的飲食和運動減肥，倒也不失為一種辦法。

整個瘦下來的過程和那段時間的心態變化，後文中會有詳細的描述，在這裡要特別強調的是，我從不覺得自己是個特別有毅力、恆心的人，要不然也不會從國中、高中，一直到大學畢業，都埋在肥胖的黑暗深淵中了。在這個社會中，比我這個平凡人成功、優秀的人實在是太多太多了，而肥胖不過是種壞習慣，只要用力踏出改變的第一步，就有機會甩掉它啊！

心理建設

在正式進入主題之前，我想要特別提一提心理層面的因素。每個人都知道，想要減肥，最主要還是得靠著飲食和運動，但事實上，心理方面卻更為重要。很多人會在減重過程中打退堂鼓，或是在瘦下來之後又再胖回去，不就是心理建設做得不夠好嗎？

為了真正達成瘦身的目標，有幾個準備動作必須要先進行的。首先，你得體認到，減肥不是一下子能夠完成的，必須有長期抗

戰的心理準備。其次，可以告知身旁的親朋好友或公司同事，讓他們幫你留意，因為許多生活的小細節很容易忽略，靠著其他人的力量，可以協助你抵抗「心魔」。

瘦身的過程雖然有相當沉重的壓力，但是千萬不可將減肥當作一種負擔，反而要視為生活的一部分，讓新的、正常的飲食與作息方式融入自己的新生活中。然後，平常要多多安排紓解壓力的活動，看書、聽音樂、看電影、逛街、打電動均可，有時候到郊外走走，甚至出國旅遊亦不失為一個好方法。

多想想減肥成功的好處吧！想想，瘦下來之後，不但整個人外形讓人感覺更清爽，精神更好，做起事來更有效率，更重要的是很可能就會因此跟高血壓、心臟病和糖尿病說再見，活得健康又快樂，不是嗎？

減肥經歷

我的減肥經歷

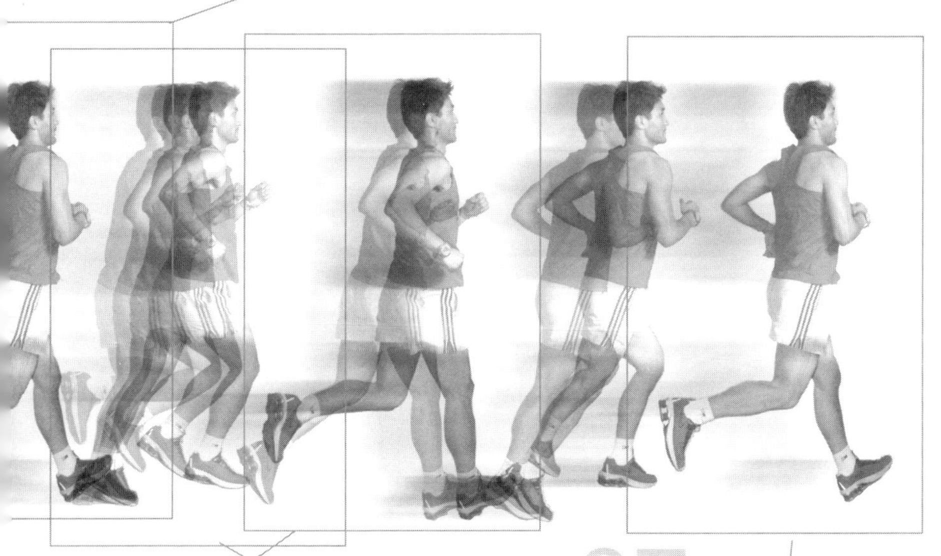

童年的我就是個胖小子

從我很小的時候，也就是在我還不太知道如何分辨人的美醜胖瘦的時候，似乎就與肥胖結下不解之緣。

我是家中老大，也是奶奶在台灣的長孫，所以一生下來就備受長輩關愛。因為家裡在大陸算是世家，加上奶奶和父母親人緣都不錯，朋友多，我這個他們眼中的第一個「下一代」，自然格外受注目，吃的用的都是最好的，肚子一餓，開口就會有好料送上來。那時年紀小，也或許嘴特別饞吧，反正有人給東西吃我也不會拒絕。

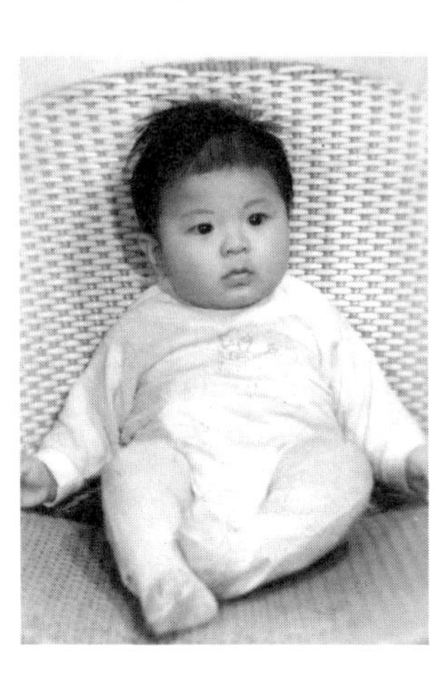

我的「肥胖因子」恐怕也是天生就有的。一生下來就重達10磅（將近5公斤），在民國60年

左右大家營養還沒那麼豐富的時代，算是個巨嬰吧！從小肉就比別人多，又一天到晚在大人的「關愛」下不斷地吃，恐怖的是，那些容易發胖的東西我都愛！包括油炸的、口感十足的肉類等等，加上我母親和外婆都是廚房的高手，把我從小就餵得「肥滋滋」……

想必每個人都去過那種吃到飽的店吧。有沒有看過一種景觀呢？一家人在假日去吃一頓好料的，一個肥滋滋的小孩拚命地大吃大喝，吃到一個程度之後，起來跑一跑，然後坐下來享用下一ㄊㄨㄚ，如此反覆幾次，讓隔幾桌的我看得目瞪口呆。不過，事後想想心裡不禁暗暗地苦笑，小時候的我，不也就是這副德性嗎？

記得那時候的早餐，大部分都是外婆親手做或是一大早起床去買的。夏天不外乎蛋餅、豆漿、燒餅、油條和米糕……；冬天則是雞湯麵和酒釀蛋等，很少有機會自己去買早餐或是吃學校的早餐。午餐多半是家裡準備的「大」

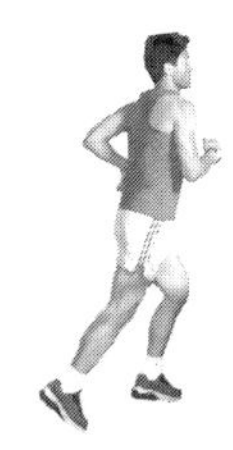

便當，印象中唯一一次沒吃完是因為牙痛，不然我都是一掃而光的！至於晚餐，通常也是滿滿一桌菜。小時候家裡會說沒吃完不准下桌或是不准看電視之類的，所以也沒有剩飯剩菜的問題，養成有吃的就不要浪費的習慣。

雖然平常就已經吃得很愉快，但我還是特愛每週六的宵夜，那可是我們一家子大快朵頤的好時光啊！也許你很難想像，才不過是小學生的我，就可以輕易地將一大碗牛肉麵再外加一大塊排骨吃得清潔溜溜呢！

可能你會覺得，既然那麼會吃，那麼小時候不就是隻動作遲緩的「小肥豬」了嗎？其實，我的童年大部分時間，尤其是寒暑假，都是在外婆家度過的，生長在鄉間的我，還算是大人眼中的「野孩子」，活蹦亂跳的，不只喜歡跟同年齡的小孩一起玩鬧，有時還會和年紀比我大一些的鄰居去打球或釣魚。所以，在我印象中，那時候並沒有感覺到自己是胖的，至少，肥胖對當時的我不構成任何困擾和麻煩。

一個開始變腫的考生

我是什麼時候真正開始胖的呢？應該是國三畢業之後一直到上高中前吧！

上了國中之後，無憂無慮的童年生活也就結束了，慢慢有了課業壓力。那時候的我，還沒有意識到什麼身材腫不腫的問題，反正平常一樣照三餐吃。說實在的，在國中這個還沒發育完成的階段，也不太容易長得多胖。升學壓力下，總是被逼著要念書，那時候的住校日子就在學校規律地安排管教，和每天自習結束後的點心、泡麵中很快地流逝了，肥胖，依然不是什麼大問題。

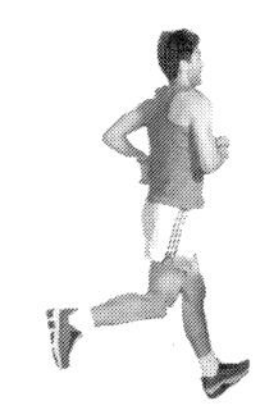

高中聯考結束後的那一個暑假，我開始變得臃腫了。對我來說，國三是這輩子第一次被操得比較兇的時候，一畢業、一考完，整個人馬上放鬆下來。那個暑假，反正已經考上高中，我又沒機會打工，只想休息！玩！吃！每天只知道待在家裡，吃完睡，睡完吃，連出門都懶！偶爾出門也都是去聚餐，再說，都已經考完了，家人也不太管，反正就是放任自己在家裡混日子。

人們對自己身材體型的改變總是後知後覺的，更別說是那時年紀還小的我。國中時期充其量不過是個體格粗壯的小子，但是國三暑假這麼一「墮落」，外觀開始變了個樣。記得開學之後，我碰到國中導師（後來也成了我的高中導師），她突然告訴我：「你怎麼變得那麼

腫？」也就是那個時候，才忽然發現自己已經變胖了。

既然發現自己發胖了，是不是就要懂得自我控制一下了呢？NO!NO!NO!年輕時候的我，那想得到那麼多啊！總是想說：「反正就這樣囉，也沒什麼差別。」一樣吃吃喝喝，不去管什麼身材腫不腫的問題，生活習慣照舊。

但是話說回來，只要曾經胖過的朋友應該都知道，人一旦胖了起來，要是生活作息不重新調整，非但瘦不下來，反而還會繼續胖下去。當時的我就是如此。再說，為了準備大學聯考，讀書和睡覺的時間都不夠了，更不會想去運動。就算有時間有機會可以運動，因為我胖，總是跑兩圈就累了。總之，我的高中生活不是念書、吃，就是睡覺。胖，成了身材體型唯一的走向。

高三的我，體重正式突破80公斤，終於想到、也意識到：「該減肥了！」於是我特別在學校宿舍的窗戶上貼了個醒目的標語，寫著「該減肥了，不要亂吃東西」之類的

話提醒自己。這個有生以來第一次想到要節制體重的行動，沒有規畫任何方法，想當然耳，很輕易地就失敗了。

考上大學的那個暑假，我跟著大夥兒一塊兒上成功嶺，當時的我已經接近95公斤了。記得父親就告訴我：「好好地去受訓3個月吧！看看回來後能不能瘦一點。」我卻是很有自信又有點囂張地回答他：「你放心好了，我過兩天就回來給你看！」其實，那時候我是半開玩笑的，沒想到真的就這麼發生了。去到成功嶺，醫官一看到我，連複檢都省了，直接把我驗退，領了500塊回台北。

這段期間，我的確開始注意到自己的身材，也真的想過要減肥，只是，我對肥胖的定義還停留在「胖不是一件很奇怪的事情，更不是罪惡。」覺得生命中有更多更重要的事值得自己去做，而且，我還是很難抵擋口腹之慾，繼續如同以往般地吃！吃！吃！於是減肥行動只不過是3分鐘熱度，體重，當然還是直線上升囉！

恐怖的宵夜習慣

說到這，好像我以前之所以會這麼胖，全是因為吃。其實不全然如此，同年齡的小孩中，吃得不比我少的可是大有人在啊！而且，青春期本來就應該多吃一些，不是嗎？那時候的我常常想不通為什麼自己會比別人腫那麼多，但是現在回過頭來看看，確實是有跡可尋、有一些值得警惕的地方。

最恐怖的應該是吃宵夜的習慣。吃宵夜有什麼不好？學生熬夜K書吃點東西補身體有什麼不對的嗎？吃宵夜沒什麼不好的，但是我的方式有點嚇人。高中住校時，我在晚自習到就寢前一定得吃些東西，最典型的菜單是「檸檬紅茶加泡芙」，有時候吃泡麵，或是那些「材料」很豐富的麵包，而且是一個晚上不只吃一個喔！反觀身邊的同學們，晚上大不了就是喝杯牛奶，偶爾真的很餓了才會吃泡

麵或麵包。

大學時期，我參加了社團，晚上經常會有活動，活動結束後，大夥兒不甘寂寞，往往就約一約，買了一堆食物殺到某位同學家中大吃一頓（這好像是各大專院校社團的傳統吧）。有時候乾脆找朋友來個夜間烤肉，甚至發動夜遊，這當然就免不了要用力地吃些好康的了。

從很小的時候，晚上吃東西就一直是我的生活習慣，這到高中以後更是變本加厲，反正在晚餐過後沒多久，就會想吃，而且常常是肚子其實不餓、只是單純嘴癢，就直覺地拿東西來吃。我曾經在不知不覺之間啃完一整條吐司呢！那時候真的沒想那麼多，現在大家都知道的睡前兩小時不要吃主食等觀念，當時壓根不會去想。

當然，吃得多不是會胖的絕對因素，吃的要比消耗掉的多才會讓人愈來愈腫，而我的情況是吃的比消耗掉的「多很多」。

小時候的我還算好動，活動量彎大的，因此身材還算正常，絕對不是大家眼中的「胖小子」。高中以後愈來愈懶，運動，少做了，連體育課也都隨便混一混，也不喜歡到處趴趴走，大部分都是窩在家裡、學校或是宿舍，活動量趨近於零，完全不像那種青春期少年該有的樣子。

我並非那種想不開就暴飲暴食的人，吃得多、動得少，所以體重是一點一滴地增加，也就因為如此，反而更容易疏忽體型上的變化。每面臨一個新「階段」，總是這麼想：「還好，只是多了幾公斤」「沒什麼啦！多一些肉對生活沒什麼影響啊！」或者是「啊……沒差，我就是這樣胖」，久而久之，自然養成一個「碩大無朋」的我了。

胖到最高點

剛進大學的我，體重大約95公斤，對身高接近175公分的大男生來說，已經夠資格稱得上「臃腫」了，大二時，體重正式突破三位數。那時候的男生開始面臨當兵的問題，一些同學挖空心思，想辦法要在體檢時「突破難關」，設法免除兵役。只是那時候想要不當兵已經沒那麼容易了，不只是體重限制得更嚴，光是體檢就得連過3次，才能夠真的稱心如意。

說起來讓很多男人吐血的是，我在大二時的第一次體檢就被驗退了，而且是一次驗退！根本毋需再接受下一次體檢就直接不必當兵了。說來諷刺的是，我並不是因為不想入伍才刻意吃胖的，而是我本來就是這付德性。

大二就能拿到免役令讓人覺得很驚險，因為那是最後一年可以因過重而不必當兵，之後再怎麼胖都得入伍，而且聽說胖子在軍營反而會被操得更慘。現在想起來還一直覺得很幸運，或許當兵對很多人來說是一個很特別的經歷，也有人認為「不當兵的不是男人」，可是那時候的我總覺得能免役最好。

確定不必當兵之後，我更樂得輕鬆了。校園生活更是無所不用其極地輕鬆悠閒，吃照吃，玩歸玩，只是仍然不好動，解除壓力的滋味讓人更覺得海闊天空，體重很自然地持續向上飆；大四畢業時，創下110公斤的新高，這也是我這輩子最能感受到地心引力、最「沉重」的時期。

說到這兒，我想特別強調的是，在大學時期，我不算是個努力認真的好學生，但是卻很清楚自己在做什麼，四年的時間並沒有浪費掉。我的功課不算特別好，但是社團生活讓自己覺得生活過得還算豐富，至少在人際關係的培養、人格的養成方面，都是十分正面的。

只是我得承認，我的學生生活，的確是個錯誤示範。

過於肥胖雖然不算一種病症，但是真的很不健康；再怎麼說，人體內所有有用的器官本來就該很「正常地」帶動一個個體的運作，一旦超出該有的規模，體能運作的效率勢必是會降低的。最直接的例子，先別說肥胖所帶來的病

症，提提「精神」好了，太胖的人精神往往是比較不容易集中的，做事、念書的效率通常是比較差的，而且特別容易懶散，很難產生動力去認真做好一件事。也因為如此，胖的人會更加地胖、更加地懶、更加地不好動，長久之後，成了一種惡性循環，從胖變成很胖、從很胖變成腫、從腫變成臃腫。

我就是最值得作為佐證的案例，現在，每每回想過去，總覺得浪費了太多太多的光陰。然而，我的人生真的就那麼算了嗎？

我身旁的一個案例讓我的想法完完全全地改變了。在我大四時，一位已經畢業的學長正在努力地追尋他的人生目標——當個機師。但是，過胖的事實讓他被打了回票，於是他狠下心來，花了大把鈔票，想塑造一個全新的自己。

我大四下時，學長回到學校，已經少掉了十幾公斤，

整個人變得完全不一樣了，當然，他也成功地考上了機師。那時候的我就想：「為什麼他可以辦得到，而我不能？」瘦下來的學長告訴我：「自從減肥成功之後，所有看人看事的方式都不一樣了，人生的視角是開闊的。」這讓我真的很想嘗試瘦下來的感覺，感受一下新的人生。只不過，我只是想……

大四可以說是我一生中最大的轉捩點，那是我最胖的時候，「胖到最高點」讓人體會到一種人生的「高處不勝寒」。學長的例子也讓我想到：「過去不是就這麼一直得過且過嗎？」

對於肥胖，我從不真正在意，就算想要減肥、想要少吃點，總是很快就放棄了！事實上，也因為有這樣的態度，很多應該堅持下去的事，我也變得特別容易打退堂鼓！直到這個時候，我才清楚知道「肥胖沒什麼大不了的」這句話是錯的，我也打定主意，要好好重新創造一個全新的自我。

進入大學之後，家裡逐漸移民到國外，但是父親希望我能夠將學業完成到一個段落，才跟著出國。大學畢業後，因為早就拿到退伍令，我很快收拾了行囊，帶著妹妹飛到國外開始另一個生活。面臨一個全新的環境，我決定拋棄一身的贅肉和早已隨著肥胖而漸趨懶散的心，迎向人生的新挑戰。

生活完全update

一個全新的環境，總是會讓人有想改變的念頭。

移居國外，真的讓我的生命完完全全地改變了。雖然在出國前好多次打定主意要讓自己瘦一點，但說真的，胖了20幾年的我實在沒有太大的把握！畢竟，「我就是這樣胖」的想法早已根植在腦袋裡。

來到一個陌生的地方，日子當然是過得很新鮮，卻又挺困擾的。先得習慣國外的生活，一連串移民的程序：報到、銀行開戶、申請健保，再來找語言學校，把溝通能力搞定，然後才能選擇college或university修新的學分和碩士學位。在這裡，我可以說是從零開始，新家、新學校、新朋友，一切重來的感覺，忙碌且充實，寂寞也是一定有的。

在台灣求學時，我可以很輕鬆、很偷懶地過日子，因為周遭都是我熟悉的人事物。但在海外，卻沒辦法容許自己太悠閒，因為我在這只認識家人，加上當地的華人雖不少，但絕大多數是廣東語系，先天上有一定的隔閡。高中、大學在台灣的生活不是沒有收穫，但在肥胖的「牽累」下，我的動力與能源實在是少得可憐，所以，初到國外的我算是成長以來第一次真真正正地積極面對生活！為了不被孤立，也為了讓自己融入當地生活，非得建立起自己的生活圈子不可。或許我是被迫成長吧！在這個新環境讓我非得認真地向前邁進不可！

環境讓我養成新習慣

我居住的城市，屬於溫帶大陸型氣候，雖然冬夏溫差相差蠻大的，但卻讓人感覺很舒服。由於相對濕度低，即使是冬天冷到下雪，往往也不過是感到比較涼爽而已。不像是台北，只要一降到10幾度，就會讓人冷得牙齒打戰受不了。這兒的夏天，溫度可以高到30快40度，如果加上溼度更可高達近50度，卻也不會讓人煩躁得只想窩在家裡吹冷氣。

也就是因為有個這麼舒適的所在，讓我不會像以前在台灣那般地成天一個人龜在室內，自然而然地就會想往外跑。更何況在國外，住家旁就是公園，每天早上或是下午都有人在慢跑，或是遛狗（可不全是老人家喔，男女老少都有），看到那些人能夠如此適意悠閒，不由得羨慕起來，跟著會想，我是不是也該試著改變一下自己的生活？

一個多月之後，慢慢習慣當地的生活模式，整個人逐漸活絡起來。也是在這個時候，我的體檢報告出來，家庭醫師明白表示：「你太胖了！」並且一再強調肥胖的壞處，例如一堆病痛包括高血壓、脂肪肝等等，都會伴隨而來，要求我一定要瘦下來。由於多年來的過胖，我那時候的身體狀況其實已經不太好，一般因肥胖造成的疾病我都有！於是下決心要讓自己改變，打定主意：一定要「試著」瘦下來！

這一次，不再像以前那樣只是說說而已，而是有自信，也比較有計畫地來進行。由於我沒多餘的錢花在吃藥或上課，所以一切都得按部就班，並且從改變生活習慣開始；特別是飲食與運動兩方面。對於那時的我來說是唯一能控制的兩個方式。

由於疏懶成性，我只能從簡單的運動開始，免得一下子就遭遇太嚴重的挫折感而打退堂鼓。首先設法讓自己習

慣多走一些路，例如搭公車時提前一站下車，然後走路回家，或是走樓梯取代搭電梯等等。這些很簡單的事，我以前連想都不會想，但是在涼爽的氣候下，沒多久就成了我的生活習慣；習慣走路去上課，習慣走路回家，習慣吃飽飯後去附近散步順便熟悉環境，偶爾下午沒事在院子裡面剪草種花，熱心地幫隔壁的外國太太掃院子裡的落葉。

經過一段時間，習慣這些運動量之後，我開始在公園裡慢跑。起先因為體能太遜，根本沒辦法跑太久，但我也不勉強，從每天10分鐘開始，慢慢增加到20分鐘、半小時、1小時，到最後甚至可以持續90分鐘或2小時。

吃的方面我也改變了很多習慣。減少吃炸的、油膩的和一些高熱量的垃圾食物，盡量多食用蔬菜和水果；想要吃肉，也盡量選擇用蒸的或是烤的烹調方式，而且少吃豬肉和牛肉這種「紅肉類」，以魚肉和雞肉這種「白肉類」為主。

坦白說，改變飲食習慣要比改變生活作息難太多了！因為口腹之慾是人類最難忍受的渴望之一，對我這種大吃大喝了20幾年的人來說尤其痛苦，剛開始真的非常不習慣。雖然我每天吃東西的量沒怎麼減少，但是吃的內容卻是漸漸不同，當然，我那個早已滿足於裝一堆「好料」的胃，自然就不能適應，頻頻地抗議，不時發出「好餓！好餓！」的訊息。

忍住肚子餓，想必是很多人都有過的痛苦經驗，以前我多次想減肥，都是在這道關卡敗下陣來。總會想：「吃一點好了」，卻往往愈吃愈多！不過這一次我也不知道是從那兒得來的毅力，不只能夠「忍住」飢餓，還會好好想辦法對付。

那時候覺得最好的方法就是睡覺，而且真的蠻有效，反正早上8點上課，下午頂多2點就回家了，我沒認識幾個同學，加上環境不熟悉，當然每天都直接回家，時間多，不睡覺也不知道做什麼。再來則是多吃水果，特別是像蘋果這種在國外既便宜又不會太甜、熱量低且很管飽的水果。要是真的餓得受不了，也可以吃一兩片全麥麵包，外加一杯脫脂奶或是無糖飲料。我會特別注意進食量，只要能夠暫時不餓即可。

其實，一般的飲食常識，每個人多多少少都知道，要如何瘦下來，肥胖的人心中多半也有定見，至少在網路或是書本上一定找得到各式各樣的方法。但知道歸知道，大部分的人還是沒辦法改變一些陋習，包括以前的我。所謂知易行難就是如此吧，一切端看個人是否能身體力行並且堅持下去而已。

由於家中長輩並沒有住在一塊，加上本來就會煮飯，所以我就想，何不嘗試弄一些跟以前不太一樣的東西來吃呢？於是在超市採買材料時會留意，自己弄一些簡單清爽的餐點，效果還不錯。至於內容，那就不外乎水果、蔬菜和少量的肉類等等，只是多花一點心思在烹煮上，例如盡量避免油炸，或者花點時間把皮和可見的油脂去掉，湯煮開後先濾掉上面的油；那時我還可以用烤箱做出和油炸一樣口感的炸雞呢！

開始我的減肥計畫之後一個月，我的體重一下子少了5磅（2.4公斤），當時的興奮真是可想而知，因為從來沒想到「我也可以變瘦！」突然之間覺得人生還是有點希望的。再怎麼說畢竟胖了20幾年，體重從來都是往上增加的，每回動起想要減肥的念頭，結果卻總是替自己找來一堆理由，一次也沒有成功過。於是這個「5磅」變成一股巨大的力量，支持我繼續下去。

說到這裡，我想強調的是，從自己胖了那麼久之後再

瘦下來的經驗來看，減肥成功與否，最重要的關鍵在於是否能夠自發地改變生活習慣，包括飲食習慣和作息等。因為肥胖不是天生的，一個人也不會突然地變胖，一定是日積月累造成的，所以生活中勢必有某些「缺陷」存在。這種「缺陷」每個人多少有些不同，但想要瘦下來恢復標準身材，非得找出這些「缺陷」，然後加以修正不可。不過，這真的很不容易，因為人們往往會下意識地安於現狀，習慣這些「缺陷」、習慣現在吃東西的方式、習慣自己最熟悉的安排。

到底是什麼確實的原因讓我不再逗留原點，印象已經有點模糊了，但清楚知道的是，我不希望生活一直是那樣，所以後來才有勇氣改變自己。也許是我的運氣還算不錯吧，身處的環境和心情的轉變提供足夠的能源來找出「缺陷」，進而徹底改變生活習慣。

享受瘦下來的新生活

時間過去了，確實的成效讓我對於「遠離肥胖」這件事更有信心，一些新的習慣也慢慢地開始養成了，最重要的是，我的胃能夠接受各種新的「菜單」，不再經常感到飢餓。於是我逐漸增加運動量、改變運動的方式，除了慢跑之外，游泳、騎單車、壁球、羽毛球，冬天還可以去溜冰刀或是滑雪，就算室外天氣不好，留在學校健身房騎車、去朋友家樓下的健身中心也是不錯的選擇，再不然最瘋狂的是，我會在房間內把音樂開很大聲，然後蹦蹦跳跳1小時！

有人會覺得那邊天寒地凍的，加上一年中有半年是冬天，應該沒啥機會運動。其實不然，冬天下大雪也有下大雪的運動方式。例如鏟雪好了，鏟雪其實是件很耗體力的運動，國外每年總會看到有老人家因為鏟雪而心臟病發的

案例。我有好多次鏟雪鏟到全身濕透，然後臉上頭髮全是汗水凝結成的冰的經驗，真的很特別。另外，下大雪經常會造成通車上的諸多不便，有時候要走一大段被雪封住的路才能到車站，但我卻當成是鍛鍊體力的好機會。

一段時間之後，運動不再是強迫自己的事，變成了生活習慣中的一部分，更成為自己喜歡做的事。一天不動還真的會全身不自在呢！幾個月過後，我變成一個不喜歡長時間窩在同一個地方的人，一定要出去走一走或是跑步，一直到現在都是如此。其實在習慣運動之後，一天不運動就會覺得不舒服，我想，喜歡運動的人大概都會有相同的感覺。我還曾經好幾次因為一天沒運動，睡不好，半夜裡騎單車出去，大概騎了快2個小時才回家休息！真的很瘋狂。

第一個月少掉5磅後，往後大約一年的時間內，平均每個月都會掉個4到6磅。體質也慢慢地改變了，精神變得愈來愈好，而且很明顯地，念書和做事的效率都提高不少。以前肉吃很多，一流汗總是有很濃的氣味，雖然身邊沒人說，但是自己也覺得不好意思。在慢慢瘦下來的過程中，汗味雖然還是有，但是漸漸變淡，到後來已經幾乎沒啥味道了。由於我三餐多半吃生鮮的蔬菜，所以皮膚也慢慢變好。雖然在這段期間，我的體重一度停止減少，但卻沒因此打退堂鼓，我只是持續做運動，然後持續讓重量減輕。

在大概開始半年之後，我的褲子已經變得很鬆，如果

不用皮帶會和現在流行的垮褲一樣掉下來，不得已只好去買新衣服。一開始要試穿的時候，我想大概沒瘦多少，所以和店員說我要38腰的褲子。那小姐看了我一眼，問我確定嗎？因為她判斷我應該只有34最多36腰。但我還是不太相信她，堅持拿38腰的，不過同時她也拿著34及36腰的等在旁邊。結果我一試，褲子卻大到直接掉下來！那時才突然發現「我怎麼可能變那麼瘦？！」「我怎麼可能穿38腰的褲子卻還是太大？！」

我最瘦的時候體重大約在68公斤左右，那時家庭醫師告訴我：「你減肥好像減過頭了！」而且他說我吃的東西太少，有貧血的現象，「你現在需要的是增加肌肉，而不是一味地減少體重！」最後還提出警告：「如果再瘦下去，就要送你去看精神醫生囉。」這個時候我突然警覺到自己好像真的有點太過火了，於是才稍微節制，回復比較正常的飲食習慣。

不過，我這裡說的「回復飲食習慣」，可不是像以前在台灣的大吃大喝模式喔！而是比較注重食物攝取的質量，肉類也不再刻意避免，甚至一些如披薩、炸雞等高熱量食品，偶爾也會享用，只是自己心中總是會有一個標準，因為該怎麼吃東西才不會讓肥胖重新上身，我已經很習慣、很有經驗，也知道該怎麼做了。例如吃炸雞把皮剝掉、披薩吃薄片的！雖然很麻煩，但是我甘之如飴。

回首這段大約一年的時間裡，幾乎每一天都能感覺到體重在往下掉，興奮的程度真是難以言喻，畢竟我胖了20多年，從來沒有想過有一天終能穿上低於40腰的褲子啊！想起我最胖的時候，買衣服一定得找那種最大尺寸的而且還不一定買得到；坐公車時又擠又累的；搭飛機時，一個人將經濟艙的位置塞得滿滿，動都不太能動，實在非常痛苦。也許就是因為不想再經歷這種痛苦，才刺激自己下定決心「用力」地去減肥。

剛到國外時，因為我的體型發生過很多有趣的事。有一次我去剪頭髮，服務小姐要我站起身去沖洗頭髮的時候，因為我的肉實在是太多了，我坐的椅子竟也卡在身上跟著起來了！當場把店裡面所有的人都笑翻了，反倒是我覺得沒怎樣。但現在想想，還真有些心酸啊！

站在「現在的我」這個點來看，瘦下來的我體會到別

人不同於以往的眼光的那種感受，也特別強烈。我並非認為胖子就一定不好，我在胖的時候從來也沒覺得哪不好或是被排擠歧視。不過不

可否認的是，社會上永遠會存在著生存競爭與相互比較，至少在第一印象中，所接收到的「關注」絕對會有相當的差異。而我從一個「沒有精神的胖子」變化成現在的模樣，確實是下了相當大的決心和經過長時間的努力，能在「別人的眼光」中得到鼓勵，也讓我感覺辛苦是值得的。正因為如此，我經常地告誡自己，絕對絕對不可以再胖回去！我要一輩子和肥胖作戰。

用最健康的方式減肥

說到胖子，台灣的比例還是比不上歐美的，那時候的我雖然體重超過110公斤，但也不過是他們的小號胖子罷了。到了國外之後，我可以深深體會到，「減肥」還真的是生活中不可或缺的話題和文化之一。減肥廣告在各種媒體上的分量，實在是特別可觀，幾乎每個時段每一台都會有類似的廣告，購物頻道一天到晚也在宣傳如何減肥，各種方式都有，包括塗的、吃的、抹的，甚至還有聞的！國外的減肥廣告經常拍得很棒！而我對那種特別灑狗血、要引誘人去花錢的廣告內容往往超容易感動的，因為覺得他們雖然是靠藥物，但是每個禮拜都能夠那樣瘦下來，還真會讓人情緒沸騰，於是我也就每每沉醉在廣告裡一個星期瘦個5磅的幻想中……

不記得是哪一段廣告的內容了，有一句話至今依然讓我印象深刻，那是一位減肥成功人士所說的：「我絕對會用一輩子跟肥胖對抗，現在的我也絕對不允許自己胖回去。」我也是這麼想的，因為清楚體會到減肥成功前後，完全兩樣的心境與待遇。在以前，我的生活、我的人生感覺上是一個樣兒，而現在卻是另一個多采多姿的樣；現在一個禮拜，可能比過去一個月還看得多、聽得多、感受得多。

話說回來，減肥廣告雖然可以感動我，但卻從來沒有過靠花錢吃藥、上減肥班來讓自己瘦下來。一方面是不知道該怎麼問也不知道是真是假，而且留學生身上的錢不能那樣拿來亂花，總覺得應該可以不必多花錢就達到目的，再加上我還蠻注重健康的，畢竟，藥總是藥，不是自然的東西，多少都會傷害身體。

我要特別強調的是，雖然還是有過太執著於吃與不吃而導致營養攝取量不足的經驗，但大體上，我還是沒有少

吃東西，甚至覺得吃的量比一般人還多，我的經驗法則是：減肥不可以禁食，適當的節食或許偶爾可以，但不能長久。節食能夠減少的都是最容易被消化的肌肉和體內的蛋白質，實際上不是減少脂肪量；其次，過度的節食會讓人沒精神，沒精神就不會有持續下去的力量。所以，要養成一種最適合自己的飲食習慣，而這種習慣不但能夠讓自己保持最適當的身材、也能健健康康的。同樣的，運動方面也要設法讓自己「習慣成自然」，就算是沒有自信，或是自認為很懶，至少也要選擇一項自己喜歡的運動，先去嘗試一兩次，接受、喜歡，然後養成習慣，我想，這樣的動力，每個人一定都有。

為親友帶來良性刺激

儘管我的減肥過程還算順利，但對那時候的我來說其實真的蠻辛苦的，想想，一個人在一年內足足瘦了40公斤啊！一年內必須要完全適應幾乎是兩種不同人類的生活，真是不容易。還好，努力的確可以得到回報，而且我可以蠻自豪地說，所有過程都是很正面的，包括我沒有禁食和過度的節食，體重減輕的速度保持一定，沒吃藥，更沒有影響到生活作息，我的家庭醫師也很驚訝我的改變。

然而，我最得意的

卻是自己的例子為周遭一些朋友帶來正面的刺激和影響。

外國人，特別是歐美的白人，在過了20歲之後，往往就開始發福。在學校時，認識了一位修東方語系的猶太女孩，那時候她教我英文、我教她中文，幾乎天天見面對談練習語言，所以彼此也就混得還蠻熟的。她雖然才快30歲，但身材真的很臃腫，身高大概165公分，體重卻至少在80公斤以上。大家都知道，胖女孩大多想瘦，但不是欠缺方法就是毅力不夠，她嘗試過多少不同的減肥方式，也去上過國外最著名的減重課程，結果通通無效，有時候雖然可以稍微瘦一點，但沒多久又會胖回去；所以她看到我能夠瘦下來，非常羨慕。於是我就先與她分享自己減肥的經驗和方法，課餘期間我們會一起吃東西、一起運動，在我們互相「監督」之下，她也慢慢地習慣這種自然瘦下來的方式，而且養成固定的運動習慣，甚至不運動還會覺得怪怪的，吃東西也特別小心。之後，因為她的工作，我們有一段時間沒見面，再碰面時，很明顯看得出來她的體重少掉了1、20公斤，她還很興奮地告訴我一些以前不能穿的衣服，現在都能穿了。

記得有一次，應該是瘦下來之後沒多久，我很皮癢地在家裡試穿一條以前買的很喜歡卻穿不下的褲子，沒想到居然穿進去了！我妹無可奈何地說：「我實在是被你刺激到了！」於是她也想開始減肥。其實，以她那種3分鐘熱度、能偷懶則偷懶的個性，怎麼可能認真執行呢？不過，她就只是少吃些、多走路，結果也真的稍微瘦了下來。那次的「減肥」行動，她最大的收穫並非體重減掉多少，而是習慣的改變；本來一個「能夠坐著就不會站著、可以躺著絕不會坐著」的人，變成會多走

路，或是以爬樓梯代替搭電梯。我雖然常笑她：「你最大的運動就是逛街。」但以前她是搭車去，後來卻改為走路去，這也是一種好習慣的養成囉！

大體而言，我在國外的日子，雖然還算是處在求學成長的階段，但在環境的幫助下，能讓我完成減肥這件「終身大事」。我常想，如果還是留在台灣，即便我能夠體會過去肥胖日子的荒唐，也下定決心要瘦下來，效果一定不可能如此顯著，畢竟在台灣親朋好友多，身旁全都是熟悉的事物，在許多「羈絆」下，很難一氣呵成地讓自己養成新的習慣啊！

我不可能再胖回去

在國外的這段期間，前3年我都沒有回過台灣，除了在國外一起生活的親人和一些新認識的朋友外，見過我瘦下來模樣的老朋友並不多，印象中只有一位學姐和學妹因為旅遊順道來看我，當時她們那種「不敢相信」的神情，現在想起來還是滿得意的。

雖說是移民，但是我的父母卻都還留在台灣，所以我媽每隔一陣子都會飛到加拿大來看我們。我永遠記得她第一次看到「今非昔比」的我的樣子，因為她一下子真的認不出來，還在狐疑家裡什麼時候僱了傭人呢！不過她總是說我是被虐待了，每次來總帶著大包小包的零嘴替我和妹妹解饞。記得我第一次回台灣時，老爸要不是看到我妹，應該也認不出我吧！我的繼母見到我的改變，也笑著說以前看到我走路像是看到一座山在移動。

雖然已經達到目標，但是我沒有因此放任自己的食量。別忘了減肥是一直持續不斷的，它不是階段性的。新習慣的養成改變了我的生活模式，往往在無意間就注意到吃東西的量和種類。出去外面吃東西也多半選擇用烤或蒸的烹調方式，並且點油脂量較少的沙拉、雞肉或魚肉。尤其是沙拉，我會提醒服務生「Dressing on the side！」把沙拉醬分開裝，不要混在菜裡面，這樣可以減少攝取很多不必要的脂肪熱量。

順利拿到學位之後，我思考再三，雖然國外的工作機會也不少，還是決定回台灣發展，畢竟台灣是自己最熟悉的環境。可是我仍然會擔心肥胖的問題，再怎麼說，在台灣20幾年，全都是肥胖的經驗，而且一想到台灣有那麼多美食，深怕自己會無法抵抗口腹之慾而前功盡棄。

有一年暑假我回台灣打工，每天早上六點多起床慢跑，然後再走路去中山北路上班，3個月下來沒中斷過一天，到現在還是覺得自己實在偉大，像我這種不算太勤勞的人居然做得到。實在是因為太害怕又胖回來，彷彿是台北市的空氣中有一種細菌會讓人發福似的，只要一停止「修練」，身材就會立刻腫回來。

現在想起來，覺得那時候的自己實在有點好笑，之前在國外時還一直很有自信，回來之後卻反而有類似「近鄉情怯」的恐懼感。不過事實證明自己想太多了，因為要怎麼吃東西，已經有一套原則，並且養成習慣，真要大吃大喝，恐怕還不太容易，腸胃也會不舒服。

還有，平常也自然而然地注意各種食物的成分，不必太刻意就會留心到熱量攝取的多寡，好像已經把一般的食物熱量表記在腦袋裡。

在國外練就的一身「神功」並不只是可以保持身材喔！更重要的是，作息的安排一直保持正常，體力精神都變好了，也更懂得重視自己的健康。回台灣定居、工作之後，儘管朋友多、好玩的事物多、各種誘惑也多，但我總是可以將時間安排好，一定找機會運動。其實，我也愛玩、愛吃美食，可是總不至於影響正事、不會因此讓身材走樣，這是當初只是單純想減肥的我沒想到的意外收穫！

我的生活其實是蠻單純的，但是內容卻很豐富，不只是工作，下班之後，唱歌、看電影、跟朋友喝咖啡等等活動都有，運動的習慣和量當然也都維持著，只是比較不固定，直到後來我上健身房才有了轉變。

想上健身房的念頭，還在加拿大時就有過，但那時還是學生，學校的gym又不用錢，而且國外的環境要運動真是太方便了，加入一般健身房的必要性沒那麼大。可是在擁擠的台北卻不同，想去打球或隨便走走都比較困難，而且就算有時間，也不見得有適合的場所。河邊的公園是我通常慢跑的地方，但三不五時會淹水或被野狗追……實在不太安全。

健身房提供了我很便利的運動形式。有了場地，時間也都安排好，還有專人「伺候」，也許必須花費一筆不低的費用算是個缺點，但仔細想想，平常唱歌、看電影或是到哪裡玩都要花錢，每個月加起來也不少啊！而且我在健身房的收穫不只有運動，也認識了一群志同道合、喜好運動的朋友，運動完後還可以一起去吃點比較清淡的東西，聊聊天聯絡感情，不也很好嗎？再說，去過健身房的朋友應該都知道，那兒的運動並不枯燥乏味，很輕鬆地就能當作一種休閒活動。

我仔細衡量一下，加入健身房後我每個月的平均花費，與之前下班後直接去吃喝玩樂的花費比起來，還真不見得會比較多。而且每一次離開健身房那種身心舒暢的感覺，真的讓我一直很享受。

對於那些不善於安排自己時間的人，我想健身房是個不錯的選擇，但是前提是得有一些經濟能力，而且不會懶得連浪費錢都麻木不在乎（看太多繳了健身房會費之後，久久才去一次的例子了……）。再怎麼說，這還是安排好的運動方式，並且能夠針對每個人不同的體質，提供適當的諮詢服務與課程訓練，至少可以省卻傷腦筋如何安排運動的時間成本與精神成本。

我並不是勸大家去上健身房，只不過是提供自己的經驗讓人參考而已。其實，每個人的時間安排方式都不太一樣，只要能讓自己的身心均衡、生活過得舒服愉快就可以了，我的親人朋友中，有人愛游泳、有人喜歡晚上去跟同好鬥3對3籃球、有人組了慢壘隊一到假日就會去play，他們多的是很健康、很快樂的人。而我雖然還算是個會安排時間的人，但我選擇上健身房，一方面我是很喜歡上有氧課，一方面我可以和朋友見面，充足的運動也讓我有更多精神去面對工作和一些有興趣、想做的事。

把減肥當作一件愉快的事

在我看過的一些減肥失敗的例子中，最大的問題並不是瘦不下來，而是瘦下來之後無法持續下去，又重新「找回」肥肉。我提供一個中肯的建議：設法把減肥當作是一件愉快的事，而且千萬不要太急、也別太勉強自己。身上的贅肉跟了自己那麼久，不可能在短短的幾天內消失的，如果勉強地選擇如節食等虐待自己的痛苦方法，就算是真的瘦下來，很可能會因為撐不下去而回復原來習慣、原有身材，更糟的是減到不該減少的肌肉而傷害了身體。

要注意的是，一下子將運動的時間拉長或是將強度提高對身體絕對有害；此外，在還沒完全適應新習慣的情況下，只要一鬆懈，很容易前功盡棄。所以運動必須循序漸進、長期持續才行。

我想強調的是，現在的生活習慣和我在過去下定決心減肥那段期間，並沒有相差太多，但是我的目的卻已完全兩樣。當時的我是一心想瘦下來，而現在的我卻是在享受生活。以前剛開始拖著龐大身軀去慢跑的心情，多少是有點無奈和勉強的，而目前的我，只要一下班，一心就只想著要全身動一動，因為活絡全身對我來說已經是一件每天都不可少的習慣。

但是我得承認的是，口腹之慾還是任何時候都存在的，還好，現今我的體質能夠負荷的有限，以前大吃大喝會覺得「好爽！」現在一旦吃得過量，胃一定受不了。我是個美食主義著，享受美食依然是很棒的一件事，當然不會去排斥，可是超過某個程度之後，美食也會變成一種負擔！

我很慶幸自己能夠從超過100公斤的消極胖子，變成一個體重維持在70公斤出頭、健康且樂觀的人。現在的我再一次回顧整個過程，我還是覺得自己很幸運，能夠甩

掉近40公斤的脂肪，過一種以前完全沒有想過的生活。我可以很大聲的說：「我對自己的人生感到很驕傲！」只因為，我把減肥當作是愛惜自己的事，這是我在最後想與大家分享的一句話。

飲食篇

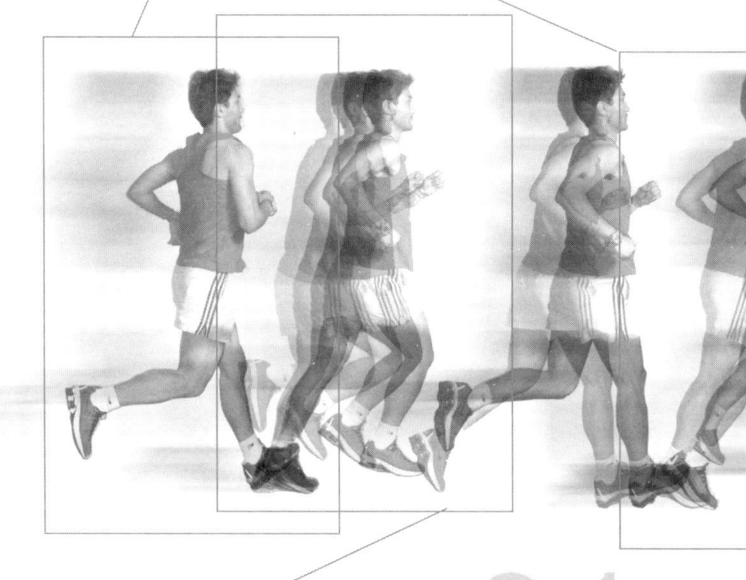

我的減肥心得

飲食篇

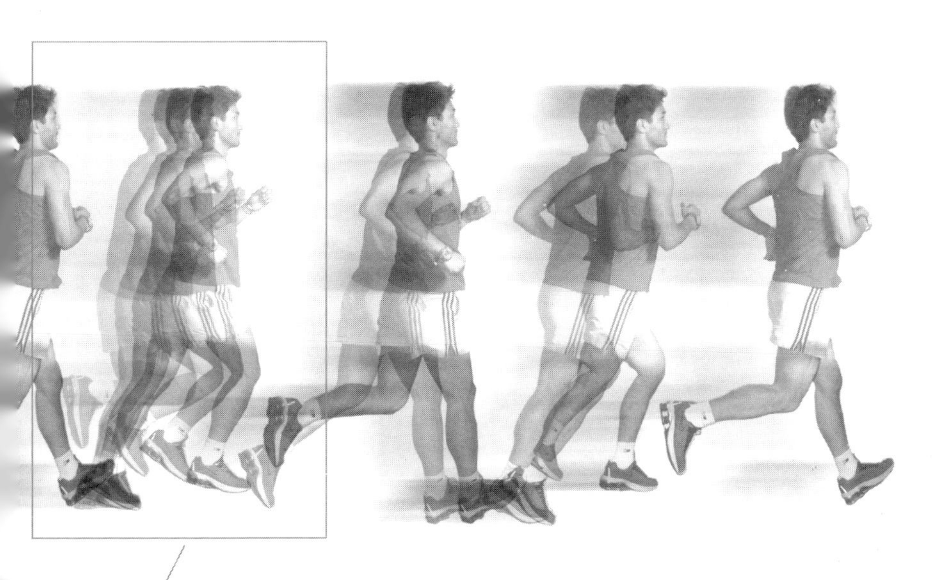

日常食物熱量表 96

怎樣才能瘦下來？

經常有朋友問我：「到底要怎麼樣才能瘦下來呢？」其實，這個問題不該是問別人的，問自己就好了！只要是現代文明人，不可能不清楚造成肥胖的原因。也許有人會問：「既然都知道原因，怎麼還會胖？」我只能說，那些瘦不下來又經常問別人該如何減肥的人，其實都是自己騙自己，真正的原因是沒有做到該做的。

這裡當然是要提供一些經驗談，但我想強調，所謂的「經驗」和「方法」其實不過是一些普通的常識，想減肥的朋友若是能養成習慣，到時候想不瘦也難！

要想瘦下來，「如何適當的飲食」是最重要的關鍵。運動雖然也很重要，但只要不是完全懶得不想動的正常人，不管是學生、上班族，還是家庭主婦，每天都有一定程度的運動量，但是吃東西的方式和多寡，卻可以相差很多。這可不是說減肥只要控制飲食而不必做運動喔！只是對一般人來說，正常地吃吃喝喝會比多動一動要困難些。

為了讓大家比較容易接受，我先條列出自己想到，並且是平時力行的飲食小偏方，然後再說說三餐該怎麼吃。每個人都有自己不同的體質與生活作息，我的方法並不見得絕對適合，但有些原則是到哪兒都適用的，只要把握住這些原則，再根據自己的狀況調整出最合適的飲食習慣即可。

飲食小偏方

生活中很多看起來不怎麼重要的小習慣，讓人覺得有或沒有都不會造成什麼影響，例如，午餐過後來杯500c.c.的珍珠奶茶。的確，一次兩次或許沒什麼，但習慣是會積少成多的，每天餐後來一大杯，累積的熱量可就差很多囉！經常注意一些小細節，久而久之習慣成自然，以後就不必一直擔心了。

1. **少吃油炸的食物**。大家都知道，油炸的食物雖然好吃，但是熱量超高，也不是很健康。如果真的抵擋不住誘惑，可以在吃之前先把炸雞皮剝掉或是用紙巾將過多的油脂去除。
2. **少吃油膩的食物**。脂肪含熱量最高，烹調時最好先將肉類過多的油脂去除再烹調，茄子之類在烹調過程中會吸取油脂的蔬菜也要少用；多用涼拌、清蒸、燒烤、滷，少用油炸的方式烹調；不沾鍋也可減少油的使用。

3.**少吃太鹹或口味重的食物**。鹽巴會吸收身體內的水分，降低新陳代謝的效率。口味清淡最好，清淡的食物較不會引起吃的慾望。

4.**少吃勾芡過的食物**。一般來說越清的湯，熱量越低，越稠的湯，熱量越高。

5.**多吃些自然的食物**。越精緻的食物通常加工越多，口感雖然好，但吃下去的多半是對身體沒用的熱量。

6.**多吃沙拉不見得能幫助減肥**。大部分沙拉醬是用油打出來的，熱量很高，如果覺得青菜味道難以入口，一定要配沙拉醬，可以請服務生將沙拉醬和沙拉分開放，用沾的方式，減少沙拉醬的攝取。其他很多食物的沾醬都含有相當高的熱量，要盡量少吃。

7.**少吃含太多澱粉類的食物**。這並不是說不要吃飯、麵

包、麵食，而是只要攝取適當的量。攝取過多的碳水化合物，在身體無法完全使用的狀態下，將會儲存在體內。

8.**多吃纖維含量高的水果或是蔬菜**。嘴巴需要多花時間咀嚼，會容易有飽足感。

9.**少喝果汁多吃水果**。水果不是不會令人發胖，過多的糖分攝取也是令人發胖的潛在因子。一般人一次頂多吃3、4個柳丁，但一瓶柳丁汁卻可能含有6到7個柳丁，很容易就不小心吃進過多的糖分。

10.**飲料當然是水最好**，沒熱量又能幫助新陳代謝。如果真的想喝一些甜的東西，不妨選擇diet、light，或是微甜的氣泡水。加味水含的熱量超高，要注意。

11.酒也要少喝。**喝酒容易導致發胖**，一瓶啤酒相當於至少一碗白飯的熱量。

12.**喝咖啡時少用奶精或是cream**。可改加鮮奶或低脂牛

奶，喝起來口感一樣，熱量卻少很多，當然喝黑咖啡的熱量最低。

13. **並非光吃低卡的食物就可以變瘦**，過多的食物攝取即使是蛋白質也會是讓人發胖的原因。

14. **沒有脂肪的食物不代表不會令人發胖**。例如可樂，從分析表上看，它的脂肪含量是0，但是碳水化合物(醣)高，過多的醣類攝取也是肥胖的主因。

15. 外出用餐時，**盡量不要去吃到飽的餐廳**。如果不得已，請先以沙拉、蔬菜等不含太多熱量的食物為主，再來盡量選擇沒有經過太多烹調的肉類。

16. 從盤裡拿菜時，**將過多的油及湯汁瀝掉**，減少熱量的

攝取。

17.**少吃火鍋**。燕餃之類的火鍋料熱量都很高，火鍋湯和沙茶醬更是不得了，對身體也不好。

18.**吃素不見得能幫助減肥**。因為素菜味道難調理，多半會加重調味料或油的使用。

19.**吃蛋的時候最好多選擇蛋白部分**。因為蛋的熱量幾乎都集中在蛋黃，蛋白則幾乎沒熱量。

20.**少吃堅果類的食品**。堅果或是花生多半含有相當高的油脂，吃起來雖然可口，但是會造成過多的油脂攝取。

21.不論在家或工作場所，**避免吃入太多零食**，盡量把食物放在看不見的地方，眼不見為淨。

22.建議你盡量在一餐中**將醣類、蛋白質、脂肪分開吃**，減肥效果會很不錯。也可以先從吃的順序上來改變，依照水果、蔬菜、蛋白質、醣類的順序來吃，有助於體脂肪的下降，不妨試試。

三餐該如何吃

正確飲食的最重要觀念：少吃並不等於會變瘦，因為胃腸在空的時候吸收最快，有時少吃反而會變胖。節制飲食不是不吃，而是應該照三餐好好吃；吃得有技巧，吃得健康，也就是所謂的重質不重量。只要把飲食習慣稍做改變，零食量慢慢減少、拒絕高糖高油脂飲料，並且把三餐中的肉類分量減少，以蔬菜代替，滿足口腹之慾的同時也不用擔心發胖。

早餐

一定要吃！早上起床是一天活動的開始，也是新陳代謝最旺盛的時候。但是吃得好不代表要吃很多，重要的是早餐的質。怎樣的早餐才是好的呢？我有一些建議。

1.一般的現做早餐如三明治、飯團、蛋餅、燒餅油條，都

要用到很多油，而油是減肥的最大敵人，當然不能多吃。

2.吃些不需要用油調理的食物如牛奶(當然低脂奶最好)加早餐穀類，或是牛奶配全麥麵包。如果想吃肉可加火腿切片於麵包中，或是加一顆水煮蛋（少吃蛋黃）；烤麵包時盡量別抹牛油。

3.我個人很喜歡優格配水果，因為水果的纖維素可促進腸胃蠕動，且其中豐富的維生素也是體內代謝不可缺的，加上優格中的蛋白質及其他成分，這種早餐足夠一般人到午餐前的消耗。

4.不喝牛奶的人可以改喝豆漿或是低糖分的飲料，但是如果選擇水果，切記寧願吃整顆水果或是現打的新鮮果汁，少喝市售果汁，因為大部分市售的果汁都是由濃縮果汁稀釋或是加了糖水和其他調味料，這種果汁對減重是沒有幫助的。新鮮水果的纖維素可幫助腸胃蠕動，也能帶來飽足感，更能攝取新鮮的維他命。

午餐

大部分的人午餐都在外食用，多半選擇便當、素食或是自助餐。但這些都是高油脂、高蛋白的食物，加上外食青菜吃得不夠，還有很多人喜歡飯後來杯珍珠奶茶甜甜口，這也變成飲食控制中較為困難的一部分。我有一些建議或許對經常外食的人有所幫助。

1.在買自助餐前，多花幾秒再做決定，先看看菜色、想想烹調過程，盡量選擇少油量的。

2.飯前吃水果。因富含纖維素，故飯前先吃一份水果再喝點水，你會發現肚子不再那麼餓，胃容量也變小了一點，就不容易攝取過多熱量了。

3.充足的用餐時間，大約是20到30分鐘，因為食物進入消化道至血糖上升而刺激「飽食中樞」，產生吃飽的感覺，就不易吃得過量。所以肚子餓時切忌狼吞虎嚥，以

免還沒產生飽食感就已經吃進太多的食物了。

4.現在很多便利商店提供的餐盒多半附有卡路里含量表、營養成分之比例，你能夠清楚知道自己將會吃進多少熱量，也可以看看脂肪含量是否太高。減肥不外乎是減少過多熱量的攝取。

5.很多人午餐後都有喝飲料的習慣，很暢快，但是千萬注意，飲料並不等於水分。一般而言，一瓶加味水的熱量接近一碗米飯，幾瓶飲料下肚，也許涼快解渴，但卻也多了幾碗飯的熱量進入身體，那才是真的應驗了「喝水也會胖」這句話。所以，多喝水不是多喝加味水，每天2000c.c.的水，對瘦身不但是道德也是必要的。

晚餐

雖然大部分的人仍屬外食一族，但也有不少回家吃晚飯的人。在外面吃晚餐的人的選擇方式和午餐差不多，但是更要注意適量！不可以因為「辛苦一天，要好好慰勞自己一下」的想法而放縱自己多吃。別忘記了，過量的晚餐只會讓身體無法休息。在睡眠狀態中，全身器官都處於緩慢運作的狀態，而過量的晚餐將會使腸胃繼續蠕動來消化，於是身體便不能獲得完全的休息。同時，過多的熱量在無法排除的狀態下，將會儲存在體內，這才是最恐怖的。

日常食物熱量表

我們日常飲食菜色是非常多，但仔細分析之後，也不超過蛋白質、脂肪、碳水化合物和維生素這幾大類。它們的熱量大致如下：

1g蛋白質約為4大卡(4Kcal)

1g碳水化合物也是4大卡(4Kcal)

1g脂肪的熱量約為9大卡(9Kcal)

這樣你就知道為何減肥的首要任務是減少油脂的攝取了吧。

日常主食、點心（中式）

白飯1碗	270大卡	牛肉餡餅1個	185大卡
稀飯1碗	140大卡	小籠包5粒	500大卡
饅頭1個	270大卡	肉粽1粒	350大卡
肉包1個	270大卡	蔥油餅(40公克)	120大卡
菜包1個	200大卡	飯糰1個	280大卡
叉燒包1個	315大卡	排骨麵1碗	510大卡
刈包1個	340大卡	雞腿飯1盤	700大卡
花捲1個	300大卡	三寶飯1盤	640大卡
燒餅1個	290大卡	蝦仁炒飯1盤	550大卡
油條1條	230大卡	牛腩飯1盤	575大卡
蛋餅1個	255大卡	咖哩飯1盤	585大卡
蘿蔔糕2塊	180大卡	蜜汁豬排飯1盤	530大卡
韭菜盒1個	260大卡	雞排飯1盤	645大卡

水餃10個	350大卡
鍋貼3個	170大卡
水煎包1個	130大卡
碗粿1個	140大卡
糯米腸1條	150大卡
陽春麵1碗	250大卡
乾麵1碗	400大卡
牛肉麵1碗	540大卡
炸醬麵1碗	385大卡
麻醬麵1碗	390大卡
餛飩麵1碗	460大卡
荷包蛋1個	120大卡
炒蛋1個	160大卡
蚵仔煎1份	380大卡
豬血糕1份	115大卡
擔仔麵1碗	310大卡
炒米粉1盤	275大卡
臭豆腐1份	370大卡
米粉湯1碗	185大卡
肉圓1顆	365大卡
肉羹麵1碗	360大卡
蚵仔麵線1碗	220大卡
油粿1個	280大卡

日常主食、點心（西式）

大亨堡1個	450大卡
麥香雞1個	560大卡
雙層吉士堡1個	400大卡
炸雞1塊	500大卡
薯條1份(大)	340大卡
奶昔1杯	330大卡
熱狗1支(炸)	280大卡
義大利麵1盤	585大卡
夏威夷披薩 (60公克)	200大卡
七小福披薩(70公克)	230大卡
海鮮披薩(80公克)	220大卡
牛排(8兩)	580大卡
波蘿麵包1個	405大卡
起酥麵包1個	450大卡
甜甜圈1個	150大卡
厚片吐司1片	140大卡
花生厚片吐司1片	275大卡
香蒜厚片吐司1片	185大卡
鮪魚三明治1個(三角)	310大卡
肉鬆三明治1個(三角)	330大卡
火腿蛋三明治1個	420大卡
蛋塔 (85公克)	255大卡
乳酪蛋糕(80公克)	260大卡
巧克力蛋糕(60公克)	265大卡
奶油泡芙(50公克)	100大卡

日常主食、點心（日式）

品項	熱量	品項	熱量
海苔壽司(40公克)	45大卡	炸豬排飯1份	570大卡
豆皮壽司(30公克)	55大卡	鰻魚飯1份	670大卡
花壽司(40公克)	65大卡	鍋燒麵1份	220大卡
三角飯糰1個	170大卡	蛋包飯1份	520大卡
炸蝦(70公克)	220大卡	生魚片1盤	220大卡
炸天婦羅1份	280大卡	茶碗蒸1份	130大卡
烤天婦羅1份	160大卡		

水果

水果	熱量	水果	熱量
蘋果(120公克)	60大卡	奇異果(100公克)	40大卡
香蕉(370公克)	295大卡	水梨(210公克)	90大卡
木瓜(390公克)	85大卡	哈蜜瓜(260公克)	35大卡
橘子(200公克)	65大卡	香瓜(500公克)	160大卡
葡萄(350公克)	170大卡	柚子(700公克)	220大卡
鳳梨(240公克)	70大卡	蕃茄(70公克)	18大卡
楊桃(310公克)	100大卡	葡萄柚(410公克)	145大卡
蓮霧(270公克)	70大卡	草莓(85公克)	30大卡
芭樂(215公克)	70大卡	甘蔗(130公克)	60大卡
西瓜(410公克)	85大卡	百香果(100公克)	45大卡

飲料

鮮奶(236c.c.)	160大卡	仙草蜜(300c.c.)	80大卡
脫脂奶(236c.c.)	80大卡	舒跑運動飲料(350公克)	200大卡
果汁調味乳(236c.c.)	170大卡	維他露P(350c.c.)	140大卡
巧克力調味乳(236c.c.)	185大卡	泰山冰鎮紅茶(375c.c.)	120大卡
優酪乳(230公克)	180大卡	老虎牙子運動飲料(350公克)	120大卡
甜豆漿(500c.c.)	110大卡	伯朗咖啡(250公克)	100大卡
鹹豆漿(500c.c.)	100大卡	三合一咖啡1包(12公克)	50大卡
養樂多(100公克)	100大卡	三合一麥片1包(28公克)	120大卡
可口可樂(355.c.)	150大卡	奧利多(150c.c.)	90大卡
健怡可口可樂(355c.c.)	4大卡	冬瓜茶(250c.c.)	100大卡
雪碧(355c.c.)	135大卡	酸梅湯(375c.c.)	190大卡
波蜜果菜汁(300c.c.)	170大卡	蘆筍汁(250公克)	90大卡
可果美蕃茄汁(300c.c.)	60大卡	八寶粥(380公克)	440大卡

花生仁湯(320公克)	570大卡
泡沫紅(綠)茶(500c.c.)	60大卡
珍珠奶茶(500c.c.)	160大卡
柳丁汁(500c.c.)	160大卡
台灣啤酒(355c.c.)	120大卡
黑啤酒(360c.c.)	160大卡

紅酒(240c.c.)	85大卡
白酒(240c.c.)	80大卡
威士忌酒(240c.c.)	105大卡
白蘭地酒(240c.c.)	112大卡
香檳(240c.c.)	98大卡

零食

金莎巧克力2顆	160大卡	可樂果蠶豆酥(50公克)	240大卡
m&m巧克力(100公克)	500大卡	果凍(50公克)	50大卡
巧克力花生(50公克)	280大卡	花生夾心餅(3片裝)	180大卡
七七乳加巧克力(65公克)	300大卡	新貴派(20公克)	120大卡
巧克力球5顆	215大卡	法蘭酥派(30公克)	160大卡
爆米花(100公克)	459大卡	POCKY草莓棒(40公克)	170大卡
洋芋片(100公克)	555大卡	義美小泡芙12個	175大卡
蝦味先(100公克)	446大卡	可口奶滋(230公克)	880大卡
王子麵1包	452大卡	消化餅(250公克)	1250大卡
模範生點心麵	333大卡	雪之宿米果3個	160大卡
金牛角(40公克)	190大卡	蘇打餅(20公克)	70大卡
芝多司(70公克)	360大卡	蛋捲(90公克)	450大卡
真魷味(45公克)	210大卡	旺旺仙貝10個	210大卡

核桃糕(15公克)	80大卡	魷魚絲(100公克)	380大卡
瑞士巧克力西點(30公克)	130大卡	牛肉乾(100公克)	475大卡
Ritz鹹餅乾	507大卡	豬肉乾(100公克)	380大卡
瓜子(25公克)	60大卡	炭燻烏梅(50公克)	60大卡
豆干(60公克)	150大卡	芒果乾(50公克)	80大卡
蠶豆(25公克)	115大卡	鳳梨乾(50公克)	80大卡
葵瓜子(20公克)	75大卡	芭樂乾(100公克)	110大卡
開心果(300公克)	970大卡	陳皮梅(50公克)	40大卡
杏仁豆(300公克)	1930大卡	小羊羹(40公克)	120大卡
腰果(100公克)	565大卡	曼陀珠(30公克)	120大卡
海苔(20公克)	30大卡	青箭口香糖(21公克)	70 大卡
牛腱(80公克)	380大卡	棉花糖(35公克)	140大卡

冰品、甜點

牛奶布丁(260公克)	320大卡
統一鮮乳酪(120公克)	185大卡
咖啡凍(130公克含奶精)	120大卡
高纖椰果(170公克)	80大卡
小美冰淇淋(100公克)	200大卡
杜老爺甜筒1支	290大卡
杜老爺巧克力雪糕1支	280大卡
百吉布丁雪糕1支	200大卡
芋頭牛奶冰棒1支	200大卡
情人果脆冰棒1支	120大卡
綠豆湯(350公克)	220大卡
紅豆湯圓(350公克)	255大卡
綠頭粉圓(350公克)	220大卡
布丁豆花(350公克)	160大卡
地瓜芋圓甜湯(350公克)	220大卡

▶

運動篇

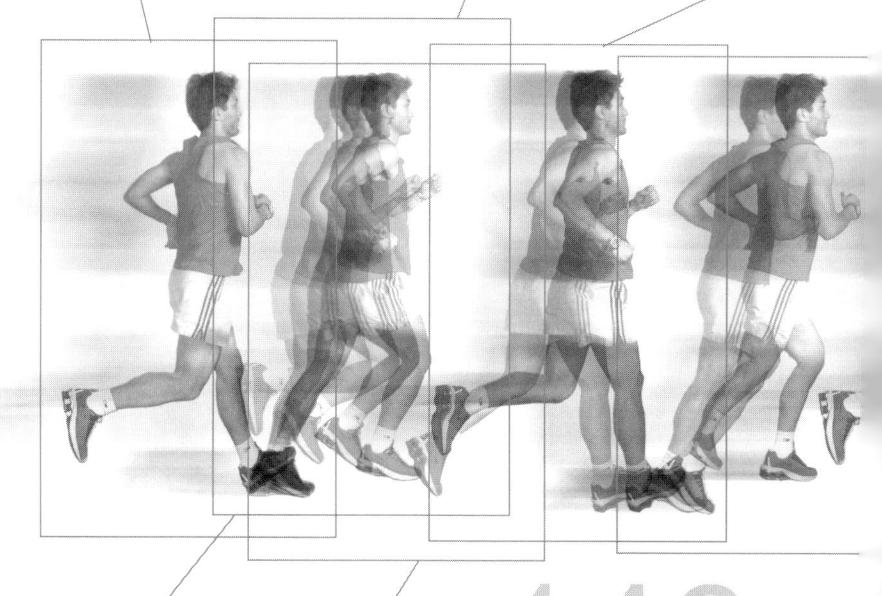

我的減肥心得
運動篇

120
運動小偏方

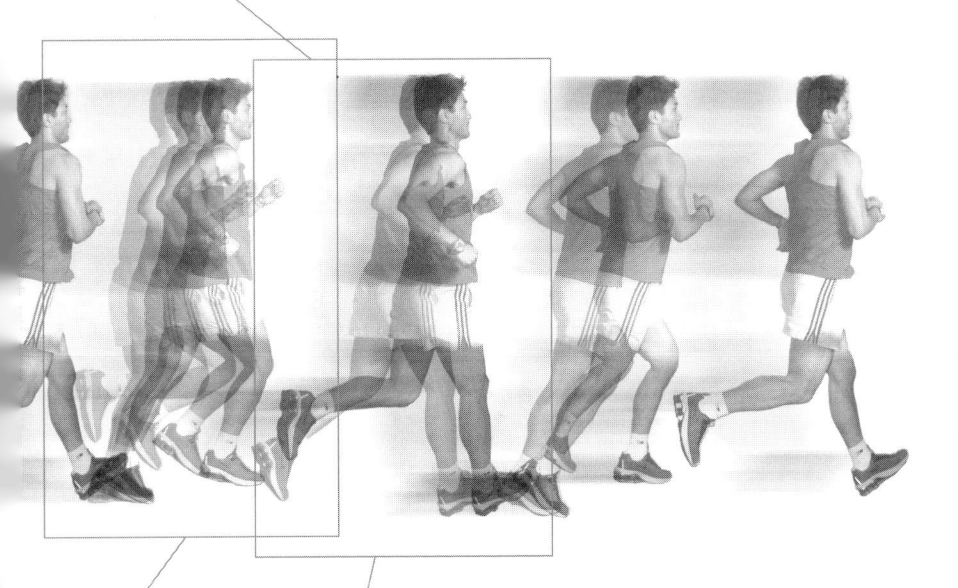

健康的指標
147

150
各種活動所消耗的熱量

動一動真有那麼困難嗎？

太過肥胖的人，除了少數因為體質或疾病，大部分其實是習慣不好；可能是飲食習慣不佳，只為滿足口腹之慾，對於熱量的攝取沒有節制，也可能是太懶得運動。

我發覺周遭的朋友普遍有過胖的跡象，但他們多半是「小胖」，不會太離譜，再怎麼說他們都有工作要忙，基本的活動量一定有。那些實在是胖得太過分的人，都是「能坐著絕對不會站著，能躺著肯定不去坐著」的類型，這些人吃的多少還在其次，主要是因為不肯動，導致消耗的熱量太少，剩下來的脂肪就全堆積在體內了。

對於那些完全不願意動的人，我只能說：「必須要踏出第一步」，因為這已經不是減不減肥的問題了，而是攸關身體的健康。說實在的，讓身體動一動並沒有那麼困難，而且人的身體是有慣性的，只要堅持一段時間，之後就不難讓身體保持一定的「動態」。

至於那些普遍「小胖」的朋友，以我這個「過來人」的角度來看，不禁想問：「動一動真的有那麼難嗎？」很多人不運動的理由都是「沒有空」，懶得特別安排時間去運動，但這其實只是習慣有沒有養成的問題。也許你真的很忙，但是一些空檔還是能夠讓你多少動一下，因為生活中無處不可以運動嘛！而且持續運動的人，精神、體能狀況一定比較好，工作或念書的效率都會增加，也會有更多的時間來安排其他事。

既然我能夠徹底地瘦下來，而且一直保持良好的體能狀態，或許可以給大家一些建議。首先是減肥與運動的一些重要概念，例如何謂「有氧運動」，接著分享生活中隨時可以運用的「運動小偏方」，然後介紹10分鐘之內可以達到效果的運動，最後是一些日常休閒活動的熱量消耗對照表，你可以評估一下自己每天是否動得夠多了！

運動減肥的重要概念

1.胖並不是肌肉變脂肪而造成的。所謂的肥胖是指脂肪細胞的肥大狀態而言，肌肉不可能轉變成脂肪細胞而使人變胖。不運動的人身體內有較多的脂肪，脂肪組織的密度比肌肉組織低，同樣重量的脂肪有比較大的體積，看起來就會比較胖。

2.肥胖不是一兩天造成的。所以減肥運動不是一兩天就可看見成效的，至少要持續兩週以上才感覺得到體型的變化，但是這樣造成的改變遠比依靠藥物來得有效，因此非得長時間累積下去才行。

3.專家建議，如果減重計畫能夠以每天少吃300～500大卡的熱量為目標，加上運動，一個禮拜減輕0.5～1公斤絕不是難事，而且體重也不容易再回升。重要的是，千萬別小看這樣的效果，雖然跟減肥藥、減肥中

心相比，這樣的減重速度有些緩慢，但你不必擔心是否吃錯藥或者多花冤枉錢，而且積少成多還是可以達成目標！

4.消耗掉的熱量是否比吃進的熱量多？過多的熱量會被儲存在體內。

5.節食可以減掉多餘的脂肪，但是也會減掉肌肉。肌肉是代謝旺盛的組織，也就是說，即使在休息的時候，同樣重量的肌肉組織比脂肪組織可以消耗更多的熱量，若是在減肥時能夠盡量留住肌肉，基礎代謝率就會提高，所以我們要靠運動來提高身體內肌肉的比例。

6.延長運動時間且持續性的運動，使其達到有氧運動的

階段，這樣才可消耗身體儲存的脂肪及過多的熱量。一般來說大概要開始運動20到30分鐘之後才開始消耗脂肪，之前所消耗的只是體內的糖分。

7.運動最好是空腹時來進行。脂肪是飢餓時儲備能量的來源，空腹時由於處在輕微的飢餓狀態中，便會利用脂肪來燃燒。儘管如此，都不吃東西只做運動，這也是很笨的方法。運動前後大約30分鐘最好不要進食，運動時大量喝水則可幫助排泄、消化和新陳代謝。

8.並不是運動到流汗就會瘦下來。單單只是大量排汗，也無法有效燃燒脂肪或增加基礎代謝率，洗三溫暖就是一個例子。與其做一會兒激烈運動，倒不如多進行像走路那種微量出汗的運動，因為能長時間持續才是能否達到效果的關鍵。

9.運動並不是要做到筋疲力竭才行。長時間運動後疲勞隨之而來，體內稱為乳酸的疲勞物質會增加，當乳酸積存在肌肉中時，會形成肌肉疲勞，反而會阻礙脂肪的燃燒。

10.「適量」運動是一個非常重要的觀念。運動多少才算不過量，要看自己的身體狀況，大致來說，運動時身體不感覺難受的運動量就是適量。身體是越練越勇，運動量可逐漸增加，最後可選定一個自己喜歡的穩定運動量，做為運動習慣的一部分，當然這個穩定的運動量還是可以視身體狀況做調整。

11.強化肌肉的重量訓練，並不是燃燒脂肪的最好方法。脂肪較容易燃燒的方式是走路、游泳等溫和的全身運動。啞鈴體操等等的肌肉力量訓練則給予肌肉刺激和有效的強化，藉由這種方式以增加基礎代謝率。

12.只做局部運動是瘦不下來的。光靠腹部運動其實不可能去掉腹部的脂肪，因為瘦下來的時候，全身的脂肪都會一點點地縮小。鍛鍊特定部位來強化該部位的肌

肉倒是可行的方法。所以，務必要做有氧運動再配合肌肉訓練雙管齊下。

13.按摩並不會造成脂肪減少。按摩並不會使脂肪分解，只能使肌肉的疲勞緩和，並促進血液循環。但經由按摩調整身體的狀況後較容易繼續運動，倒是另外一種好處。

14.隨時隨地運動。能站著就不要坐著，能坐著就不要躺著。

15.減肥成功後，仍然需要保持正常的飲食習慣以及規律的運動，才比較不容易胖回去，否則一再反覆胖瘦，對身體也是一種傷害。一開始運動也許只是為了減肥，但習慣每天都做些運動後，你會發現運動還有很多減輕體重之外的好處。

關於有氧運動

所謂「有氧運動」，是指大肌肉群的運動，並讓心拍數達到最高心跳率的60～90%強度的運動，且需持續20分鐘以上。

一般有氧課程有四個關於運動的重點「FITT」，包括**Frequency**（運動的次數）、**Intensity**（運動的強度）、**Time**（運動的時間）、**Type**（運動的種類）。

次數

每週至少運動3天或是每隔一天運動一次，一次至少30～60分鐘，視體重和肌耐力來判斷。每週三次每次30分鐘以上的運動並不是要你汗流浹背或全身虛弱，應該以達到燃燒脂肪為目的，如有氧運動、慢跑、散步、游泳等。

強度

運動的強度以心跳數來衡量，這也是有氧運動的關鍵。最高心跳數是220減去年齡後所得的數字。我們在運動時應該調節運動的速度，使心跳數夠控制在最高心跳率的60～90%，但是以前不常運動的人，應該控制在50%左右。一旦停止運動後，心跳數會不斷下降，所以應該一邊步行，一邊測量心跳數，測量10～15秒；改變速度時，一定要在2分鐘後再測量。別忘了要特別注意運動的強度，要以能夠讓身體流汗，在休息5到10分鐘後即可恢復正常呼吸的運動最適宜。

時間

進行有氧運動時，通常在持續運動20分鐘以後，才能燃燒到脂肪作為能量的來源。所以，至少要持續進行20分鐘以上，盡可能以40～50分鐘為目標，最好達到1小時。

種類

運動的種類要多樣化，包括訓練心肺、肌耐力或是肌爆發力等。因為身體會適應運動所帶來的衝擊和能量消耗，一種運動做久了，身體會漸漸習慣，不同種類的運動混合在一起才能達到效果。

其他

要隨時注意水分的補充。有些人誤以為喝水就會發胖，這其實是錯誤的觀念。事實上，運動時如果不補充水分，容易導致脫水。

運動小偏方

1.**隨時隨地都可以運動**。例如，多走幾步路再搭車，或是晚餐吃完就散散步；少搭電梯，能爬樓梯就爬樓梯；上班休息時也可以多活動，不要一直賴在椅子上。

2.**多找機會動**。例如幫大家服務，買東西或是跑腿等。

3.**充分利用身邊器具**。只要是有重量的東西都可以拿來代替啞鈴，例如罐裝飲料或是寶特瓶裝水等。

4.**沒事做時可以多走路**。上班可以早些出門，下班可以提早幾站下車，多走幾步路，可以輕鬆消耗掉不少熱量！

5.**別花冤枉錢買減肥產品或藥物**，那都不會長久有效的，一定要靠自己的力量，長期且持久地運動才是減肥的不二法門。跑不動用走的，走不動就慢慢散步，一定要讓自己的身體習慣運動。

6.**平常不運動的人不要害羞**，別在意人家怎說你，設定目標之後就大步向前邁進。

10分鐘的簡單運動

要讓忙碌的現代人特別抽空去做運動，好像不是那麼容易，特別是都市的上班族，工作之外的應酬多，休閒娛樂更是豐富，往往就會忘了該做運動。但是如果真想長久瘦下來，想辦法讓自己的身體一直保持在「動」的狀態還是最重要的！

以下幾種10分鐘簡單運動是每個人都很容易做到的，對於懶得運動的人，這可是輕鬆就能跨出的第一步，不妨嘗試看看吧！

不過，在此之前我要特別強調，如果你是個超重太多的人，千萬不要一下子就做太激烈的運動。例如，先不要跑步，先多走走路，等到適應這樣的運動量之後再開始慢跑，然後慢慢加快速度，別操之過急喔！

10分鐘室外有氧運動

1.**慢跑、跑步：**跑步是最好的一項運動，對於燃燒卡路里及減肥很有功效。

2.**跳繩：**可以訓練心肺功能，並加強敏捷度！

3.**爬樓梯：**省錢經濟又能消耗熱量，踏上踏下來回運動，對訓練大腿和臀部肌肉很有幫助。

4.**游泳：**對減肥很有效，如果你是長期的背痛或膝蓋疼痛患者，可以試試看，效果不錯喔！

5.**騎腳踏車：**是一種健身又可替代交通工具的好運動，不過最好不要在塞車的時候出門，污濁的空氣對身體不好。

■10分鐘室內有氧運動

1.**原地慢跑：**在原地跑步約10分鐘等於你跑1.6公里。

2.**爬樓梯：**省錢經濟又能消耗熱量，踏上踏下來回運動，對訓練大腿和臀部肌肉很有幫助。

3.**跳繩：**可以訓練心肺功能，並加強敏捷度！

4.**健身腳踏車：**需要先購買好的健身腳踏車，不過也是一項運動下半身的好方法，因為膝蓋承受的壓力較小，適合比較肥胖的人。

5.**踏步機：**可以走路、跑步，讓你下雨天也可以運動。

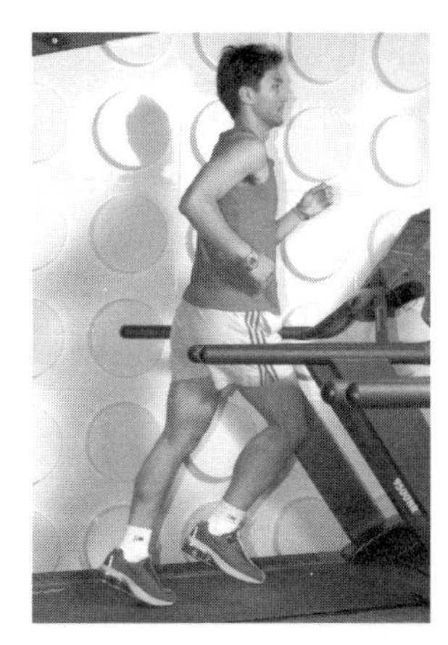

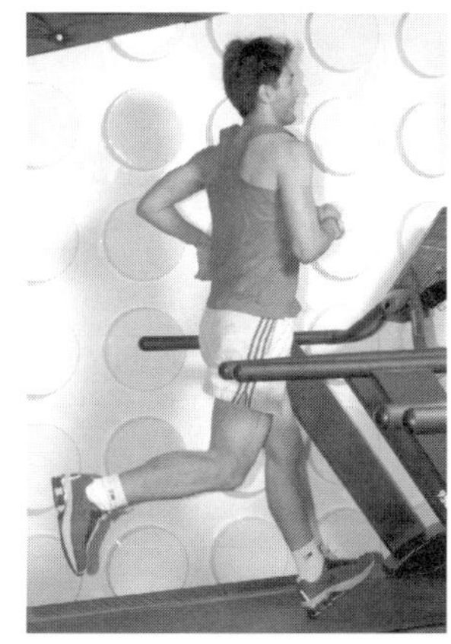

6.**有氧健身操：**跟著錄影帶內容做有氧運動也是一項不錯的選擇。

■10分鐘室內重量訓練

請依照順序，分別訓練身體不同的部位，可千萬別亂了次序喔！

1.大腿運動

A.半蹲。兩手插腰站立，兩腳張開與肩同寬（A01）；膝蓋彎曲，呈懸空坐姿，盡量讓大腿與地面平行，膝蓋不可超過腳尖，胸挺直，眼看前（A02）。反覆做10次。

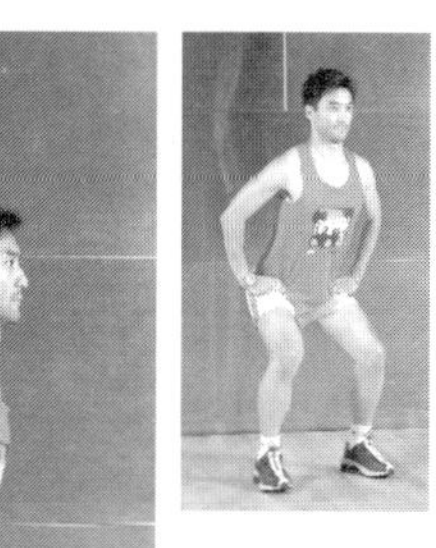

A01→

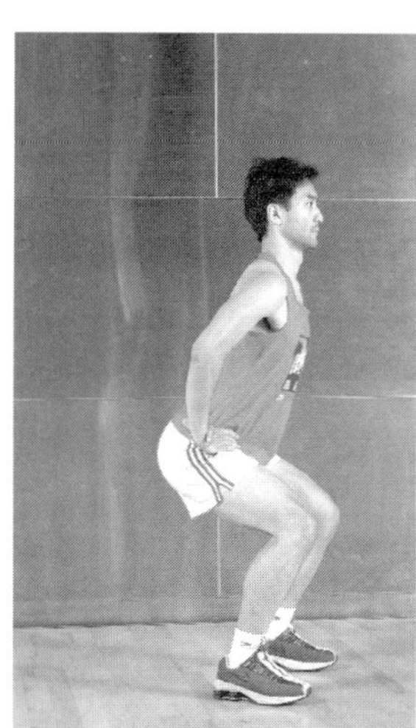
A02

B.弓箭步。兩手插腰，兩腳一前一後站立（B01）；身體下沉，前後腳均彎曲呈直角（B02）。換邊，反覆做10次。

C.大腿後側運動。俯臥，兩臂打直撐地，面向前方，一腳跪地，一腳向後拉直腳尖撐地（C01）；拉直的一腳向上抬高，與臀部成一直線，盡量與地面平行，維持姿勢2、3秒（C02）。換邊，反覆做10次。

2.胸部運動

伏地挺身。俯臥，兩臂打直撐地，兩腳併攏向後伸直腳尖撐地（D01）；兩臂彎曲，身體向下壓，盡量讓身體保持水平（D02）。反覆做。

D01 ↓

D02

3.背部運動

下背運動。俯臥，臉朝下，兩腳微開，兩臂向內彎曲觸耳，手肘離地（E01）；靠下腹部的力量拉緊肌肉，將上半身抬高20公分，維持姿勢2、3秒（E02）。回到原位，上半身向右側抬高，維持姿勢2、3秒（E03），換邊（E04）。反覆做。

4.手臂運動

A.後側舉。左腳在前右腳在後站立，左腳略彎，左手插腰，右手握啞鈴（如果沒有啞鈴，可以用寶特瓶加水來代替），上臂向斜後方平伸，前臂垂直彎曲（F01）；前臂向後伸直（F02）。反覆做10次，換邊。

前側舉。兩腳張開與肩同寬，兩手握啞鈴垂放（F03）；兩臂向上垂直彎曲（F04）。反覆做10次。

F01→

F02

F03→

F04

B.肘撐三頭運動。膝蓋彎曲坐地，兩腳微開，兩手向後撐地（G01）；身體盡量向後傾，維持2、3秒（G02）。反覆做10次。

G01↓

G02

5.小腿運動

踮腳。站立，兩手握啞鈴垂放增加負重（H01）；提起兩腳腳跟，只用腳尖著地，維持2、3秒（H02）。反覆做。速度加快可訓練爆發力。

H01→

H02

6.肩部運動

前舉。兩腳一前一後站立，前腳踩彈簧繩，兩臂向前舉，微微拉緊彈簧繩（I01）；兩手將彈簧繩向上拉，直到整個手臂與地面平行，維持2、3秒（I02）。反覆做。

側舉。兩腳一前一後站立，前腳踩彈簧繩，兩臂分別向左右前方舉，微微拉緊彈簧繩（I03）；兩手將彈簧繩向上拉，直到整個手臂與地面平行，維持2、3秒（I04）。反覆做。

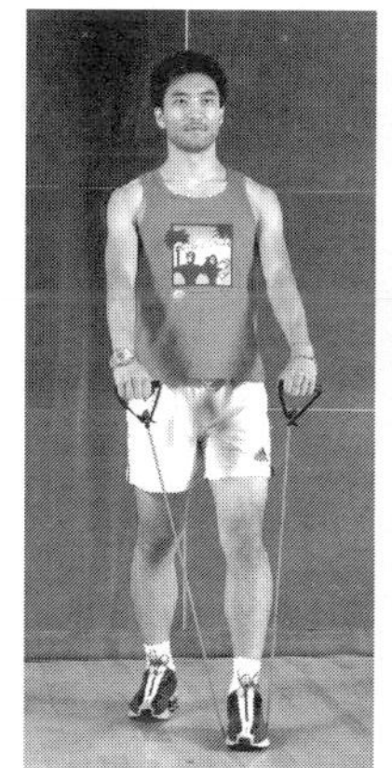

I01→

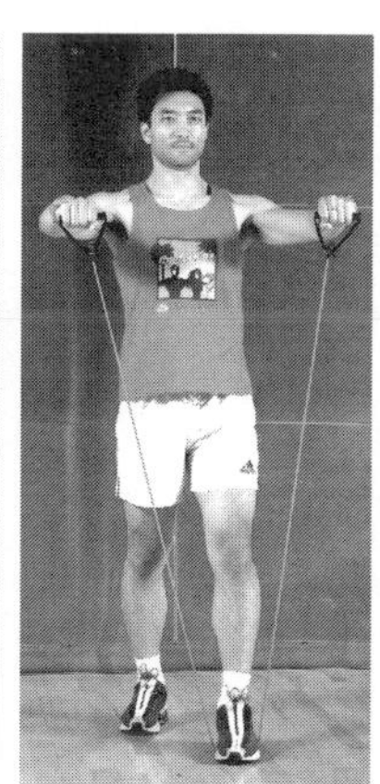

I02

I03→

I04

7.腹部運動

A.仰臥起坐。膝蓋彎曲平躺在床上，兩腳微開，雙手胸前交叉，縮下巴，微舉起頭（J01）；雙手向前平伸，同時抬起上半身，維持姿勢5秒，再慢慢躺下（J02）。反覆做。

J01↓

J02

B.下腹運動。俯臥，雙手彎曲前臂撐地，兩腳併攏向後伸直腳尖撐地（K01）；抬起身體與地面平行，同時盡量抬高右腳，維持20秒（K02）。換邊，反覆做10次。

K01↓

K02

8.腰部（側腹）運動

側身面向左方，右手彎曲前臂撐地，左手插腰，兩腳併攏貼地（L01）；抬高身體呈一直線（L02）；抬高左腳，盡量與地面平行，維持20秒（L03）。反覆做10次，換邊。

L01↓

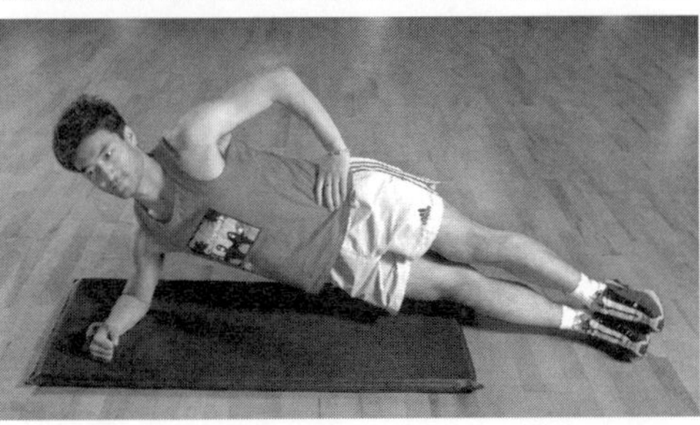

L02↓

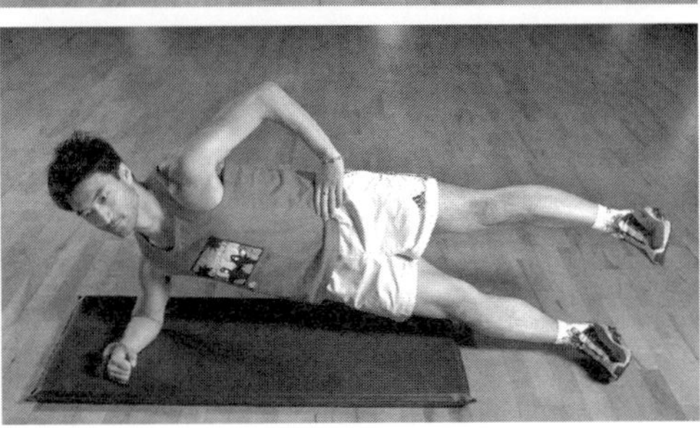

L03

■10分鐘辦公室運動

辦公室的生活是枯燥乏味的，如果你因為工作繁忙而累得不舒服了，可以試試做個小運動，提高工作的效率而且能夠讓你鬆弛疲憊的肌肉，恢復上班的活力。

◎伸展運動

1.**肩部**。面向前方坐正，背打直，兩腳微開（M01）；左臂向前伸直，指尖朝下掌心向外，右手抓住左手掌稍微施力向後扳（M02）。換邊（M03），反覆做10次。

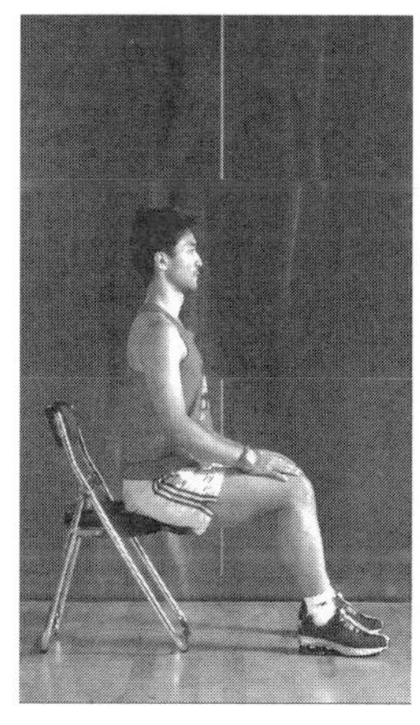

M01→

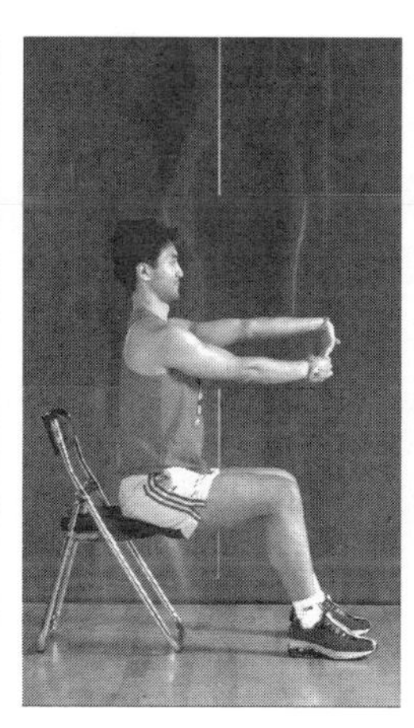

M02→

M03

2.**胸部**。面向前方坐正，背打直，兩腳微開（N01）；兩臂向後撐住椅背或扶手，挺胸，維持20秒以上（N02）。反覆做10次。

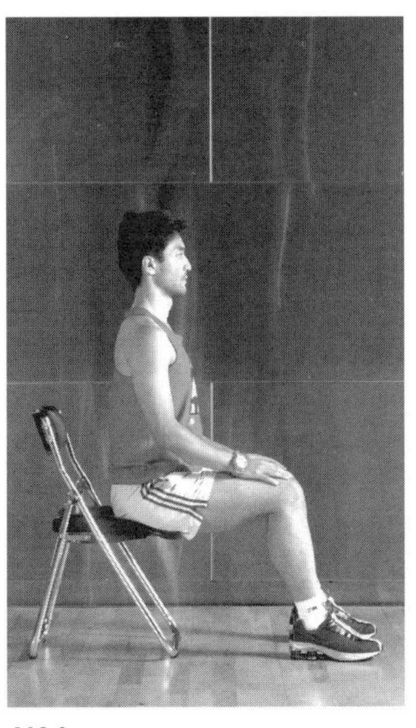

N01→

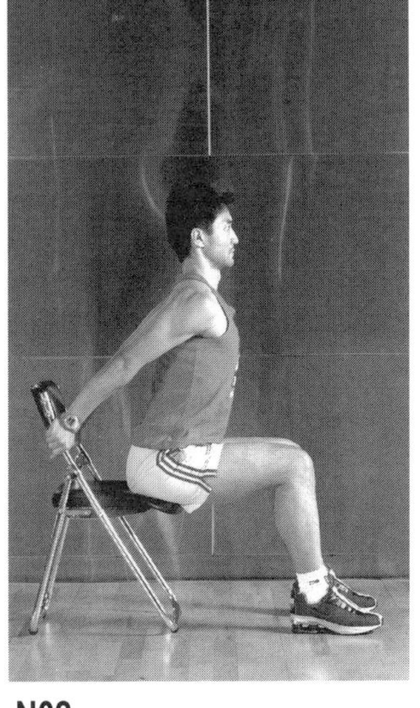

N02

3.**下背**。面向前方坐正，背打直，兩腳微開，兩腿略向前伸（O01）；彎腰向前伸展，兩手抓腳尖，維持20秒以上（O02）。反覆做10次。

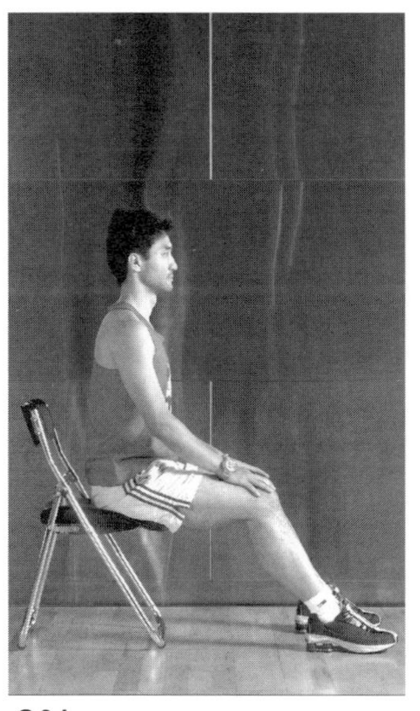
O01→

O02

4.**大腿前側**。面向前方坐正，背打直，兩腳微開，兩腿略向前伸（Q01）；右腳向後彎曲，右手扳住腳背使大腿與小腿緊貼，大腿與地面垂直，維持20秒（Q02）。換邊，反覆做10次。

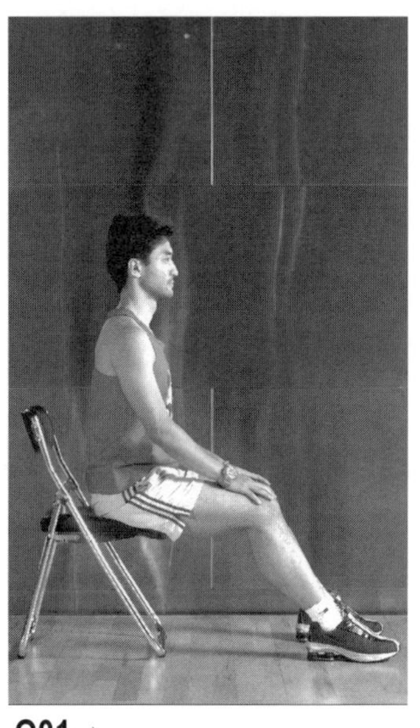

Q01→

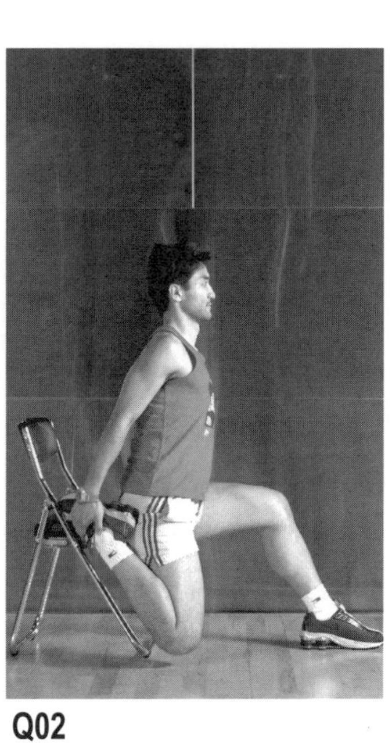

Q02

5.**大腿外側**。側身站在椅子後方，左手扶椅背，右腳微彎，左腳踝放在右大腿上，維持20秒（R01）。換邊（R02），反覆做10次。

R01→

R02

◎肌肉訓練

1.面向前方坐正，背打直，兩腳微開，雙手撐在椅子兩側（S01）；右腿往前伸直，盡量與地面平行，腳尖略向內壓，同時用力呼氣，維持2、3秒（S02）。換邊，反覆做10次。

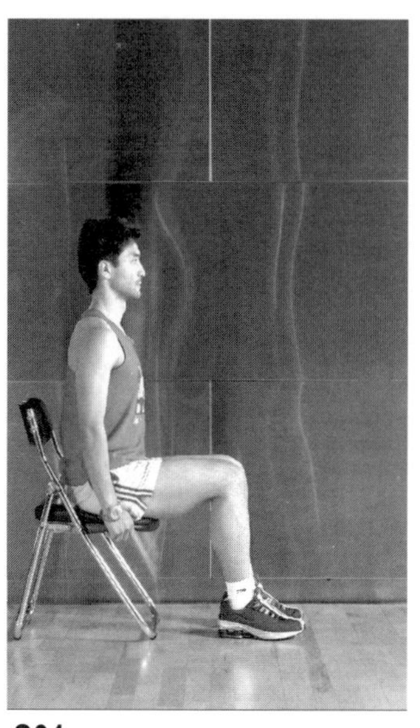

S01→

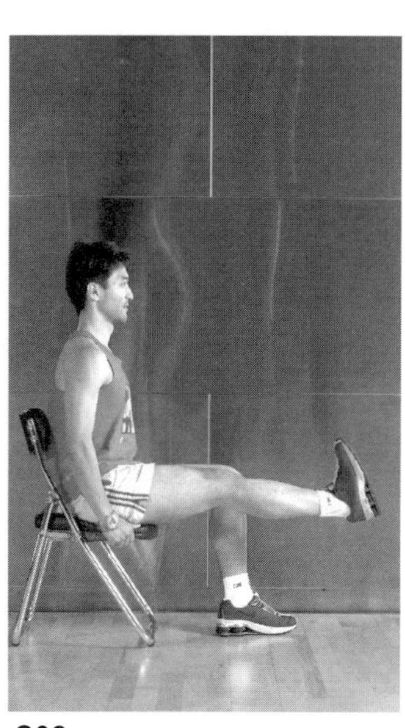

S02

2.面向前方坐正，背打直，雙手插腰，兩腳打開與肩同寬（T01）；重心放在右邊身體，抬起左臂和左腳，維持2、3秒（T02）。換邊（T03），反覆做10次。

T01→ T02→ T03

3.面向前方坐正，不要靠著椅背，背打直，只坐椅子的3分之1（U01）。

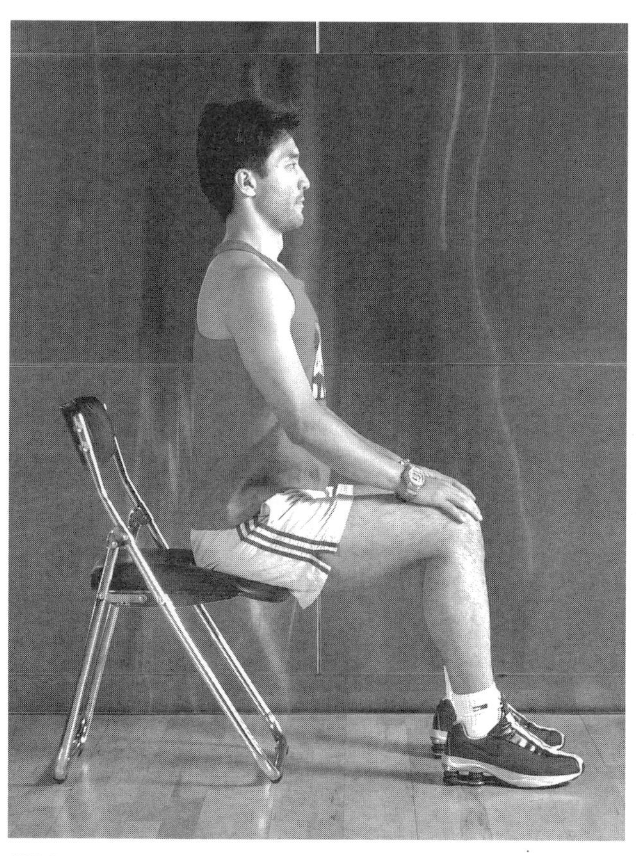

U01

4.面向前方坐正，背打直，兩腳打開與肩同寬（V01）；上半身向前傾，臀部抬高，呈懸空坐姿，維持2、3秒（V02）。反覆做10次。

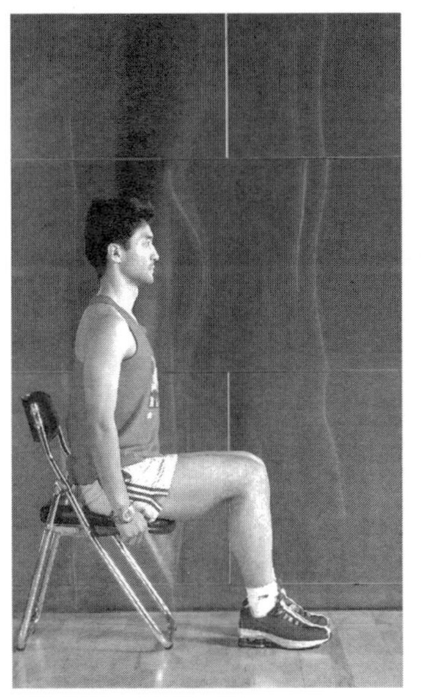

V01→

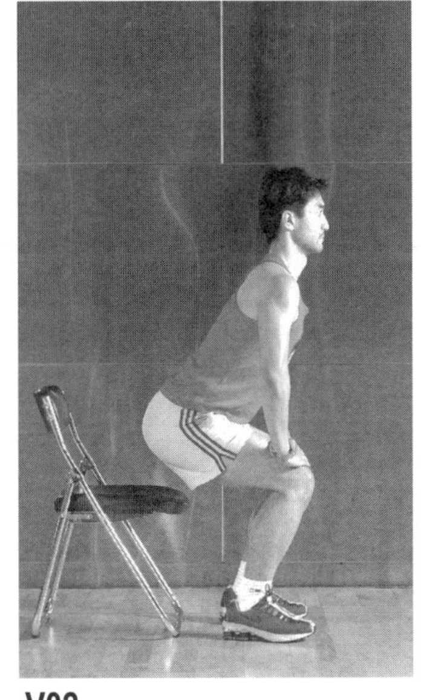

V02

懶人減肥法：走路

知道每天走路30分鐘，每個月平均可以瘦下約1公斤嗎？雖然體重下滑的速度並不快，可是卻是最方便、最漂亮的一種簡單的瘦身方式喔！走路是一種使身體恢復精神、體力最好的方式，不但可以自行調配時間，而且沒有場地的限制，甚至上班時候也可以多爭取送文件的機會來走路，何樂而不為呢！

走路可以帶給我們許許多多的益處。利用飯後30分鐘輕鬆地走一段上坡路，特別能夠突顯效果的。不過走路也要持之以恆，一開始可以給自己一個月的緩衝時間，慢慢習慣這種方式，長久下來，瘦身就不問題了。

健康的指標

一、衡量自己是否過胖：BMI

其實，體重會不會太重，真的有衡量指標的。合理體重會與身高、年齡、骨架大小、生育胎數有關，年紀越大，新陳代謝速率變慢，體重也會比較重。在醫學上，會以身體質量指數（BMI）當作衡量指標，也就是把**體重（公斤）÷ 身高的平方（公尺）**，所得到的數字就是身體質量指數。這是世界衛生組織認可的計算方法。例如：

50（公斤）÷1.6^2（公尺）≒19.53

一般而言，BMI介於18.5～22.9之間，屬於標準體重族群。如果高過這個數值，就得小心自己的體重了。記得多多留意BMI數值，免得不知不覺間胖太多，就麻煩了。特別一提的是，BMI如果超過25，產生疾病的機率

會大得多，若是突破30，恐怕嚴重病變就會上身了。

二、關於體脂肪

體脂肪也是衡量是否過重的方法，想減肥的朋友最好同時以BMI與體脂肪含量來評估效果。要注意的是，在用體脂計測量時，最好只著內衣褲，而且最好是在睡前的空腹狀態時測量。

一般而言，體脂肪正常範圍如下：

男生：

未滿30歲為14%～20%，

超過30歲則為17%～23%

女生：

未滿30歲為17%～24%，

超過30歲則為20%～27%

要如何減少體脂肪含量呢？要注意幾個基本原則：

1.早餐一定要吃。

2.睡前2小時不要進食。

3.用餐不要太快，每頓飯至少20分鐘。

4.千萬不可以完全不吃肉，因為肉類是製造肌肉最重要的來源，如果缺少能夠大量燃燒熱量的肌肉，脂肪當然也不易減少。只要注意食用肉類時盡量去除多餘脂肪即可。

各種活動所消耗的熱量

基本的新陳代謝量

人一天最少需要1000到1200卡的熱量提供基本的新陳代謝所需，就算你什麼事都不做，也會消耗掉這些熱量。如果吸收太多熱量，那就要想辦法消耗掉，否則當然是容易胖囉！但要注意的是，如果攝取熱量少於1000卡反而瘦得慢；短時間內體重可能會降得很快，可是因為熱量不足，身體會跟著降低細胞代謝率來減少能量的消耗，到最後體內的舊脂肪反而無法有效地燃燒。

一日基本所需熱量的計算：

1cal×1kg×24hr

例如：

體重50kg的人一天需要 1×50×24=1200大卡

室內家事類（每個人每1公斤每1小時所消耗的熱量）

項目	熱量	項目	熱量
洗地板	4.4大卡	熨衣服	1.3大卡
掃地	2.5大卡	用吸塵器吸地	1.4大卡
拖地	2.5大卡	搬動家具	3.6大卡
擦地	2.3大卡	煮菜	1.4大卡
擦窗	1.7大卡	開車	0.8大卡
疊被子	2.2大卡	洗車	2.3大卡
收洗碗盤	1.4大卡	購物	2.1大卡
洗衣服（包括晾衣服）	1.4大卡		

休閒運動類

許多從事休閒運動的人，對於許多上班族而言是很好的一個舒解壓力的好方法。不過，你可能不知道，其實做這些休閒活動的同時，也是可以減肥的喔！只要你不要在戶外休閒後，大吃大喝，相信距離瘦下來的日子是不遠的。

項目	消耗	項目	消耗
排球	5.2大卡	手球	8.8大卡
網球（雙打）	6.7大卡	保齡球	2.7大卡
網球（單打）	4.2大卡	羽毛球	6.0大卡
桌球	4.6大卡	鍛鍊腹肌	4.3大卡
籃球	4.0大卡	舉啞鈴	6.2大卡
投接球練習	2.0大卡	柔軟體操	2.3大卡
壘球	3.8大卡	瑜珈	2.0大卡
足球	8.8大卡	太極拳	2.0大卡

跳繩	4.5大卡
騎腳踏車	2.2大卡
滑直排輪	6.2大卡
蛙式游泳	8.3大卡
自由式游泳	10.3大卡
仰泳	5.5大卡
衝浪	3.5大卡
划船	3.0大卡
滑水	3.5大卡
浮潛	2.5大卡
潛水	8.9大卡

滑雪	3.5大卡
溜冰	4.0大卡
跳舞	5.1大卡
爵士舞	3.0大卡
高爾夫（揮桿練習）	1.8大卡
高爾夫（球場）	3.0大卡
自己提球袋打高爾夫球	5.8大卡
劍道	3.5大卡
爬山	3.5大卡
逛街	1.3大卡

以普通的速度走路(每小時4公里的速度)	3.1大卡
快步走(每小時6公里的速度)	4.4大卡
慢跑(每小時8公里的速度)	6.9大卡
跑步(每小時16公里的速度)	13.2大卡
騎腳踏車(每小時8公里的速度)	3.0大卡
騎腳踏車(每小時20公里的速度)	9.5大卡

日常活動類

活動	消耗	活動	消耗
上樓梯	2.8大卡	唱KTV	0.8大卡
迅速上、下樓梯	3.8大卡	跳迪斯可	3.0大卡
擠公車	1.1大卡	看搞笑節目	0.7大卡
帶狗散步	1.3大卡	打電動玩具	0.9大卡
到餐廳打工	1.6大卡	打電話	0.7大卡
讀書	0.9大卡	辯論	0.7大卡
吃飯	0.8大卡	聽音樂	0.7大卡
洗澡	1.7大卡	看電影	0.7大卡
睡覺	0.5大卡		

肥豬變帥哥

作　　者　阿　尼
發 行 人　張書銘
總 策 畫　潘恆旭
責任編輯　黃筱威
美術設計　張盛權
校　　對　黃筱威　陳思好
出　　版　INK印刻出版有限公司
台北縣中和市中正路800號13樓之3
電話：02-22281626
傳真：02-22281598
e-mail：ink.book@msa.hinet.net
法律顧問　漢全國際法律事務所
林春金律師
總 經 銷　成陽出版股份有限公司
訂購電話：02-26688242
訂購傳真：02-26688743
郵政劃撥　19000691　成陽出版股份有限公司
印　　刷　海王印刷事業股份有限公司
出版日期　2002年11月　初版一刷
2002年11月　初版二刷

定　　價　180元
ISBN 986-7810-11-2

感謝場地提供／加州健康事業台灣分公司忠孝中心

國家圖書館出版品預行編目資料

肥豬變帥哥／阿尼著.－－初版，－－臺北縣中和市
　：INK印刻，2002〔民91〕
　　面；　　公分

ISBN 986-7810-11-2(平裝)
1.減肥

411.35　　　　　　　　91020163